新雅
名著館

金銀島

（附思維導圖）

原著 羅伯特‧路易斯‧史蒂文生〔英〕

撮寫 盧潔峰

新雅文化事業有限公司
www.sunya.com.hk

文學名著，具有永久的魅力。一代又一代的讀者，曾從中吸取智慧和勇氣。

　　面對未來競爭性很強的社會，少年兒童需要作好準備，從素質的培養、性格的塑造、心理承受力的加強、思維方式的形成、智力的開發，以及鍛煉堅強的意志，都是重要的課題。家庭教育的單調、學校教育的局限、社會教育的不足，使孩子們面對許多新問題感到困惑。而文學名著向小讀者展現豐富的世界，通過書中具體的形象、曲折的情節，學會觀察人、人與人的關係，和錯綜複雜的社會矛盾。可以說，文學名著是人生的教科書，它像顯微鏡一樣，照出人的內心世界和感覺。通過書中人物的命運，了解社會，體會人生，不知不覺地得到啟迪心靈的鑰匙。而名著中文學的美，語言的美，更是滋潤心田的清泉。

　　然而，對於年紀尚小的讀者來說，這些作品原著的篇幅有些長，這套縮寫本既保留了原著的精髓，又符合小讀者的能力和程度，是給孩子開啟文學大門的最佳選擇。

著名兒童文學作家

葛翠琳

寫小說像説故事一樣，會説故事的人把故事説得生動，會寫小説的人把事情寫得有聲有色，人物活靈活現，節節引人入勝。

本書作者史蒂文生是文學家，又是詩人，他很懂孩子的心理。這個故事是他在度假期間，給孩子畫了一個金銀島的地圖，加以奇妙的想像而創作出來的。這故事的特點是情節變化萬千，好像大海的波濤，波濤起伏，一個接着一個，一浪比一浪高，緊緊扣着人的心弦。

但是，這故事也並不是只靠着情節來出奇制勝，更重要的是這些情節後面的中心思想。小説的名字是《金銀島》（或譯為《寶島》），但是它告訴讀者最寶貴的不是金銀，而是人性的愛和正義感。在尋寶中，不同的人抱着不同的態度。在那一羣海盜身上，我們看到的是殘暴、自私和詐騙，而和海盜鬥爭的一羣恰恰相反。中心人物就是吉姆，他對人有同情心，善惡分明。奪寶的鬥爭，激發了他的機靈和勇敢，最終取得了勝利。而吉姆的對立面，西爾弗，也是同樣吸引人的角色。他也是機智和勇敢的人，但是他走的是罪惡之路，即使他還有講道義和重感情的一面，但他終究是被人所唾棄的。

目錄

思維導圖讀名著

　　思維導圖的圖像和結構是一種有效的學習工具，可以滿足不同閱讀風格和學習偏好的讀者需求。這種多元化的閱讀方式促使讀者更積極地參與閱讀，從而加深對作品的理解和感受。

　　《新雅·名著館：金銀島》（附思維導圖）在故事的基礎上增加了三張思維導圖，以思維導圖的方式解讀經典名著，幫助讀者更好地掌握故事的脈絡、分析人物性格並從故事中獲得深刻的感悟。

思維導圖 ① 故事脈絡梳理

　　能夠幫助讀者更清晰地理解故事的脈絡和結構。通過視覺化的思維導圖，讀者可以一目了然地看到故事中的主要事件、情節發展，有助於讀者更好地把握整個故事的大綱，使閱讀體驗更加豐富和深入。

思維導圖 ② 人物形象分析

　　提供了詳細的人物描述，包括他們的個性和心理狀態。這使得讀者能夠更好地了解每個角色的性格特點和變化，進一步推動故事的發展，更好地理解和體會作品中的人物。

思維導圖 ③ 主題思想及感悟

　　為故事的主題和重要場景提供了深入的思考方向，這有助於讀者更有意識地從作品中獲得深刻的思考和感悟，從而提升閱讀體驗的深度和價值。

　　通過思維導圖的結構，讀者可以輕鬆生成閱讀摘要，捕捉故事的主要觀點和重要細節，使讀者更能從文學作品中獲益。**開拓思維和想像力，產生新的見解、思考，深入了解作品的主題和內容，從而加強閱讀分析能力，提高語文水平。**

一、「船長」的黑傳票

　　吉姆是個活潑機智的少年，爸爸媽媽帶着他，在海邊開了一間小旅店，一家三口就靠經營這間小旅店為生了。

　　小旅店的生意不很好，客人很少。

　　有一天，一個名叫比爾的人住進了小旅店。這個比爾高大、強壯；雙手布滿傷痕，連那些灰黑色的指甲也是裂開的；臉上還有一條大刀疤。他隨身帶來了一個航海用的大木箱，自稱是個退休的「船長」。

　　「船長」平時很沉默，白天總是帶着一個黃銅望遠鏡，不是在小海灣周圍，就是在峭壁上遊蕩；晚上總是坐在**壁爐**①旁拚命地飲酒、喝水。別人和他談話，他很少回答，只是惡狠狠地瞪人一眼、哼一下鼻子。每天，他閒遊回來後，總要問一問有沒有船員路

---

①**壁爐**：在牆壁上砌成的爐子，用來燒火取暖或作裝飾用。

過。開頭吉姆他們還以為「船長」是在尋找自己的伙伴；後來才發現他是在躲避什麼人。這個「船長」還吩咐吉姆留神一個「獨腳水手」，一旦這個人出現，就要馬上向他報告。

小旅店裏的住客都害怕這個「船長」。好多個晚上，當他喝了好多酒和水之後，就旁若無人地坐在那裏唱起他那些邪惡的、古老的、粗野的水手歌謠；有時還會下令輪流乾杯，逼着那些戰戰兢兢的客人們一齊來聽他講故事，或者跟着他合唱。他的故事是最嚇人的，盡是些關於絞刑的、海洋風暴的和野蠻風俗的恐怖故事。吉姆爸爸説，這間小旅店會因為住進了這個「船長」而破產的，因為人們受不了暴虐、壓制和發着抖上牀。但不少年輕人卻很希望能從「船長」身上得到刺激，稱他是個「貨真價實的老船長」。

吉姆的爸爸沒有勇氣去催「船長」交房錢；而「船長」也就乾脆一個月接一個月地白住白食下去。吉姆的爸爸在這種煩惱和驚恐中過日子，身體

一天天地壞下去。利弗西醫生常來給吉姆的爸爸看病。一天晚上，喝得醉醺醺的「船長」竟然粗聲粗氣地罵起醫生來。利弗西醫生警告「船長」：「如果你繼續**酗酒**^①，這個世界上很快就要減少一個卑鄙

---

①**酗酒**：無節制地喝酒，依賴或濫用酒精。

的惡棍了！」

　　「船長」聽後，暴怒地跳了起來，抽出並打開了一把水手摺刀，在他張開的手掌上擺平，恫嚇着似乎要把醫生刺到牆上去。

　　醫生沒有被「船長」的惡相嚇倒，反而十分冷靜和嚴肅地説：「如果你不立刻收起這把刀，我可以用我的名譽來保證，在下一次的審判中，一定會把你送上絞刑架。要知道，我不僅僅是一個醫生，還是一個地方法官。只要你再敢像今晚這樣放肆，我就要採取必要的手段來追捕你、驅逐你！」

　　「船長」最終放下了武器，在以後的好多個晚上，他都保持了安靜。

　　這件事情過後不久，又發生了另一椿神秘事件。

　　那是一個寒冷的清早，小海灣遍地是灰白色的霜，波浪輕輕地拍打着岩石。剛剛升起的太陽，照亮了天邊的那一大片海。「船長」比平時起得早，出發到海濱去了，他的腰刀在舊藍外套的寬邊下面搖晃着，黃銅望遠鏡夾在臂下，帽子向後歪戴在頭上，邊走邊從鼻子裏發出憤怒的哼哼聲，彷彿他的腦子裏還記掛着那個利弗西醫生。

　　這時，吉姆的爸爸已病得很重了，在樓上躺着，由吉姆的媽媽來照顧；吉姆正在樓下餐廳擺早餐，等着「船長」回來。忽然，一個人輕輕地走進了餐廳，

他臉色蒼白、左手缺了兩個指頭，但沒有缺腿。他鬼頭鬼腦地問吉姆：「這裏有一個叫『比爾』的人嗎？他是我的同伴，他臉上有道刀疤。」正説着，「船長」已從外面回來了。陌生人正好躲在了門後。

「比爾！」「船長」聽見喊聲立即轉過身來，棕色的面孔突然變了色，連鼻子也青了，那樣子就像活見鬼似的。他從牙縫裏擠出兩個字——「黑狗！」

「還會是誰呢？」陌生人答道。

「船長」和「黑狗」到房間裏去了，「船長」吩咐吉姆不要偷聽他們談話。

不一會兒，房間裏突然爆發出一陣可怕的咒罵和鐵器撞擊聲，然後是一聲痛楚的叫喊。緊接着，「黑狗」拚命地往外跑，「船長」在後面猛追，兩人都抽出了腰刀，「黑狗」的左肩上還流着鮮血。要不是小旅店的大招牌擋住了「船長」劈過去的最後一刀，「黑狗」的腦袋早就搬家了。「船長」站在那塊被他劈開的大招牌下，眼睜睜地讓「黑狗」逃跑了。

「你受傷了？」吉姆問。

「不。拿酒來！」「船長」吼道。

知識泉

中風：由於腦血管突然破裂或栓塞，引致麻痹或半身不遂的症狀。高血壓、大腦動脈硬化、心臟病等，都可能引起中風。

放血：放血術是西方古代的治病方法。希臘人認為生病，是由於人體的血液、黏液、黑膽汁和黃膽汁出了毛病的緣故，他們治療疾病，都由檢查尿液開始。當確定生病的位置，便在患病處進行放血。當時負責這些手術的，是兼任內外科醫生的理髮匠。後來才由外科醫生執行。

不等吉姆拿酒回來，「船長」已經重重地跌倒在地上了。

「船長」中風了。

趕來給吉姆的爸爸看病的利弗西醫生給「船長」放血，並吩咐吉姆，當「船長」醒來時告訴他，他必須在牀上靜養一個星期。

中午，「船長」醒來了，吉姆把醫生的話告訴他。

「哎呀！」「船長」叫道，「一個星期！我辦不到。『黑狗』他們已經找到了我的蹤跡，很快就會給我下黑傳票的了！啊！『黑狗』，他是個壞傢伙，但派他來的人更壞！」

說這些話時，「船長」顯得很激動。他費了很大的力氣，才從牀上抬起了身子。但不一會兒，便又重新倒下去了。他的聲音越來越小──「他們就要

給我下黑傳票了，他們找我，就是要得到我的大木箱……」

吉姆餵「船長」吃過藥後，「船長」便似死去一樣地沉睡過去了。

當天傍晚，吉姆的爸爸突然去世了。吉姆和媽媽陷進了悲痛與忙亂中。

葬禮舉行後的那一天，天空瀰漫着霧，寒氣逼人。大約在下午三時的時候，一個人沿着大路，朝小旅店慢慢地走來。他顯然是個瞎子，因為他用一根棍子在他前面探路；一個綠色的大布罩遮着他的雙眼和鼻樑。他駝着背，像是上了年紀。或者是由於衰弱，他還披着一件破舊的、帶着一個風帽的航海**斗篷**[①]，樣子十分可怕。他在小旅店前面停了一下，接着，用一種古怪的聲調，向他面前的空中詢問：

「這是小旅店嗎？」

「是的，先生。」吉姆跑到門外答道。

「我聽見了一個聲音，」瞎子説：「一個年輕人

[①] **斗篷**：寬鬆的無袖大衣，用來擋禦寒風為主。款式有短有長，也有連帽式的。

的聲音,你願意把你的手伸給我,帶我進去嗎?我好心的朋友。」

吉姆伸出了手,那個可怕的瞎子,立刻用鉗子般有力的手抓住。吉姆想掙扎,卻被瞎子拖了過去。

「喂,孩子,」他說,「把我帶到『船長』那裏去!否則,我就擰斷你的手臂!」

生病的「船長」正坐在客廳裏,被朗姆酒弄得昏頭昏腦。

瞎子來到客廳,大聲喝道:「比爾,我來看你了!」

「船長」被這突如其來的叫喊驚醒了,他直瞪着眼,臉上充滿着恐怖的表情。

「比爾,伸出你的右手。孩子,把他的右手腕抓住,拉到我的右手這邊來。」

吉姆和「船長」都按着瞎子的命令做。

瞎子從他握着手杖的手心裏,遞了一些東西到緊挨着的「船長」的手掌。

「現在事情已經辦完了。」瞎子說。說着他突然放開了吉姆,用一種驚人的準確性,匆匆地離開了客

廳，走到街上去了。那「的的篤篤」的拐杖聲漸漸地消失了。

　　「船長」迅速地看着他的掌心。

　　「十時！」他叫道。「還有六個小時！」他猛地跳起身來，緊接着就把手放在喉嚨上，站在那裏搖擺了一陣，發出「啊──」的一聲，便栽倒在地板上了。

二、「船長」的藏寶圖

「船長」中風死去了。吉姆和媽媽都嚇呆了。

吉姆從「船長」那僵硬的手掌裏，挖出了「瞎子」塞過去的一張小紙片。這張小紙片圓圓的，一面是塗黑了的；另一面上寫着：「你將活到今晚十時」。

「允許他活到十時，媽媽。」接着，吉姆便把「黑狗」、「瞎子」，以及「船長」如何叫他留神一個「獨腳水手」的事統統告訴了媽媽。

「他們是一伙海盜，」吉姆媽媽説，「他們很快就要到這兒來搗亂的，我們得趕快找出『船長』的錢來，他欠我們的太多了！」

吉姆從「船長」身上只搜出

海盜：海盜是在海上搶掠船隻，殺人不眨眼的人。四千年前，地中海開始有商船行駛時，便有海盜出現了，公元1500至1800年間，是海盜活動最頻繁的時期，橫行於加勒比海的黑鬍子、在印度洋上搶劫的吉特船長，都是著名的海盜。

了幾個錢幣、一隻**頂針**①、一些棉線和大縫針、一塊咬掉了一頭的嚼煙、一個袖珍**羅盤**②和那把有彎柄的大摺刀。

「快找他那大木箱的鎖匙！」媽媽催促吉姆道。

吉姆忍着厭惡，從「船長」脖子裏摸出了一把鎖匙。

大木箱打開了，一股強烈的煙草和柏油味從裏面散發了出來。

箱子裏有一套疊得十分講究的衣服、一件被海鹽浸得發白的航海斗篷，還有一些不值錢的貝殼、捲煙、懷錶之類的雜物。最後，吉姆和媽媽在箱子的底層，找到了一卷用油布捆着的東西，和一小布袋錢幣。這些錢幣有西班牙的、法國的，只有少數幾個英國畿尼。吉姆媽媽

---

①**頂針**：縫紉時保護指頭的用具。

②**羅盤**：即指南針。

正撿出這些英國錢幣，遠處忽然傳來那瞎子的手杖敲擊凍硬的道路的「的篤」聲。

「快走，媽媽！」吉姆説，「別數了，把這個油布包也帶上，或者能抵他欠我們的債。」

吉姆拉着媽媽的手，跌跌撞撞地出了門。沒走多遠身後就傳來了砸門聲。

「瞎子」指揮着七八個**嘍囉**^①，把小旅店的大門給砸開了。

「比爾死了！」先衝進去的人驚呼。

「你們這些飯桶，分頭給我搜！」瞎子命令道，「那個大木箱、大木箱！」

嘍囉們從大木箱裏搜出了那個錢袋子。

「不是錢袋，是那捆筆記、筆記！」瞎子怒吼道。

「箱子早被人家翻過了，沒有什麼筆記。」嘍囉向瞎子報告道。

「一定是店裏的那個男孩，我要挖出他的眼珠來！」瞎子吼道，「散開，找他去！」

瞎子邊吼邊用拐杖在他周圍的人身上亂打。

叢林那邊忽然閃出一道火光，接着是一聲槍聲。這是海盜的警告訊號。瞎子身邊的嘍囉們立刻四散而逃。而瞎子就只會急得在原地打轉。

這時，村那邊跑來了一支馬隊，他們是稅務所的

---

①**嘍囉**：強盜的部屬。

緝私隊①。黑暗中，馬隊從在路上亂竄的瞎子身上踏過，把瞎子踩死了。

吉姆從路旁的樹叢中鑽了出來。緝私隊員幫助他把嚇癱了的媽媽抬回了家。鄰居們也跑來幫忙收拾旅店。

吉姆把剛才發生的事告訴了緝私隊員，他們騎上馬，帶吉姆找利弗西醫生去了。

利弗西醫生到**鄉紳**②崔洛尼先生的家去了，於是吉姆又找到了鄉紳的家。

鄉紳和利弗西醫生分別坐在一個火光熊熊的壁爐兩邊，手裏拿着煙斗。

鄉紳是個高個子，他有一張表現出坦率和粗獷的面孔，這張面孔在他那漫長的遊歷生涯中，

知識泉

煙斗：一種凹斗彎柄的吸煙工具，需把煙絲填進凹斗裏點燃吸用。發明初期是以黏土製造，後來才改用木材，例如杜松、櫸木、楓木等，也有用石、骨、金屬、竹製成的。今日的煙斗，起源於美國的印第安人，後來才傳到歐洲去。

---

①**緝私隊**：紀律部隊。專門緝拿逃避關稅、私運貨物的人。

②**鄉紳**：鄉村裏有地位、有身分的人。

變得粗糙、發紅和滿布皺紋。他的眉毛非常濃，並且快速地挑上挑下，這能看出他的脾性——不算壞，只是急躁、易激動。

吉姆把剛才的事情，向兩位紳士說了一遍。利弗西醫生驚異地拍了一下大腿；鄉紳則大叫「好極了！」甚至在壁爐柵上敲破了他的長煙斗。

「那瞎子是個作惡多端的壞蛋，踩死他是一件好事！」鄉紳說。

「他們要找的東西，在你手上嗎？」醫生問。

「就是這個。」吉姆邊說邊把油布包遞過去。

鄉紳叫人送來一頓豐盛的晚餐，讓吉姆吃了個飽。

「你聽說過福林嗎？」醫生問鄉紳。

「聽你說的，他是個汪洋大盜。」

「我是在英格蘭聽說他的事的。」醫生接着說，「人們都說，他把一大筆財寶藏在一個秘密地點了。去年福林死後，海盜們都在尋找這個藏寶處。」

「說不定瞎子他們找的也是這個秘密？」鄉紳叫道，「快，打開那個油布包！」

「如果吉姆同意，我們就打開這個油布包。」醫生向着吉姆説道。

吉姆點點頭。醫生拿出手術剪刀，剪開了包上的縫線。油布包裹只有一本筆記簿和一張密封的文件。

「先看看這本筆記簿。」醫生提醒説。

知識泉

經緯度：指地球的經度和緯度。地球是個龐大的球體，為了方便指出位置，人類為地球設定經線（兩極之間的直線）和緯線（橫繞地球表面的圓圈）。經線之間的距離叫經度，緯線之間的距離叫緯度。

筆記簿上寫滿了許多稀奇古怪的數字，畫了許多符號，像是在記賬，又不是在記賬；還有一些奇怪的地名，一些經緯度，如「六十二度十七分二十秒，十九度二分四十秒」等等。

「我沒有辦法看得懂這本筆記。」利弗西醫生説。

「這十分簡單，」鄉紳叫道，「這是那個黑心海盜的**賬簿**①，這些十字記號代表被他們鑿沉洗劫了的船隻和村鎮的名稱；金額是那個無賴分得的數目。」

「對！」醫生説，「果然是個旅行家。」

---

①**賬簿**：記載金錢支出與收入的簿冊。

　　醫生又打開了那個密封的文件，裏面是一張島嶼的地圖。那上面標明了經度和緯度，還有水深、山崗、港灣和入口的名稱，以及如何引導船隻，在它的岸邊安全停泊的一切資料。

　　從圖上看，這個島嶼約有九哩長、五哩寬，像一隻站立着的龍。它有兩個很好的避風港，中部有一座山崗，標名「望遠鏡山」。圖上還有三個用紅墨水標出的十字記號，兩個在島的北部，一個在西南。在西南部的這個十字記號旁邊，工整地寫着幾個字：「大部分寶藏在此」。

　　圖的背面寫着：

　　高樹，望遠鏡山的圓峯。東北北偏北。

　　骸骨島東南東偏東。

　　十呎。

　　銀條在北部的隱藏處。

　　武器在北海灣的沙丘中，方位正東偏北四分之一處。

福林

藏寶島地圖

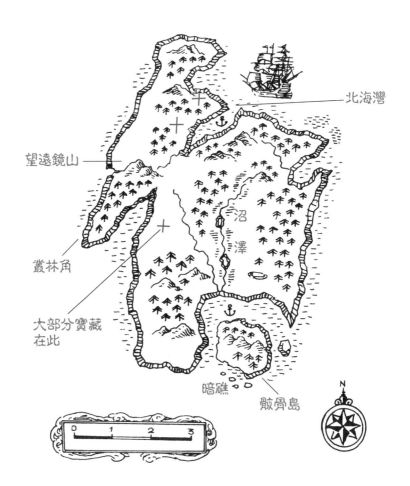

北海灣

望遠鏡山

沼澤

叢林角

大部分寶藏
在此

暗礁

骸骨島

「這是大海盜福林的藏寶圖！」鄉紳脫口叫道，「利弗西，你馬上改行，和我一起去尋寶。明天，我就出發到布里去，在十天之內，我們就會買到最好的船，招到最好的船員。吉姆做船上的侍應生，你，利弗西做隨船醫生，我做司令。我們很快就會找到那個藏寶地點，金錢就會滾滾而來，可以隨時把它當飯吃，也可以用來打水漂！哈、哈、哈！」鄉紳興奮得像是在說夢話。

> **知識泉**
>
> 打水漂：一種遊戲。把扁平的小石子擲向水面，使它反彈跳動。

「崔洛尼，」醫生對鄉紳說，「我願意跟你去，但擔心你管不住自己的舌頭。我們並不是唯一知道這個藏寶圖的人。今晚襲擊小旅店的這些傢伙，都是打定主意，要得到這批財寶的，為了得到這批財寶，他們是刀山火海都敢闖的。我們萬不可大意，出海之前，一定不要單身外出，對誰都不要泄露『藏寶圖』的事。」

鄉紳和吉姆都答應「一定守口如瓶」。

三、狡點的「獨腳水手」

　　吉姆整天都幻想着如何出海、如何冒險，每天夜裏，都夢見那個寶島，夢見島上奇妙的風光。當然，有時也會被夢中的那些「野人」、猛獸嚇醒。總之，這段日子吉姆開心極了，走在同伴面前，覺得自己總比他們高出半個頭！

　　吉姆的媽媽，在鄰居們的幫助下，已經恢復經營小旅店，客人比以前多了點兒，吉姆媽媽的身體和精神，也好了很多。

　　出發前的一天，吉姆從利弗西醫生家回到了小旅店，他只告訴媽媽，要跟利弗西醫生出外旅行，並且很快就能回到媽媽身邊的。

　　媽媽信任利弗西醫生，但送吉姆出門時，還是流下了眼淚。

　　吉姆跟着鄉紳的家僕湯姆上路了。

　　「崔洛尼老爺已經買好了一艘大船，」湯姆説，

「船名叫希拉號。有個叫西爾弗的人知道老爺要去尋寶，一下子就給找來上一整批船員。這個西爾弗雖然只有一條腿，但很能幹，對船上的事很在行，老爺很看重他。」

「什麼，一條腿？」吉姆叫道，「崔洛尼老爺把尋寶的事講出去了？」

「人家是船主，想講出去就講出去，有什麼不行？」湯姆反問道。

「但……」吉姆沒說下去了。

傍晚，吉姆跟着湯姆擠上了一輛驛車。

驛車在山頭和谷地中顛簸，吉姆卻居然能睡得着，當他睜開眼睛時，天早已大亮了。

他們來到了鄉紳崔洛尼住的那個旅店。

「你到那個掛着『望遠鏡』招牌的酒館去，把這張便條交給西爾弗。」鄉紳邊說邊遞給吉姆一張紙條。

在那個掛着「望遠鏡」招牌

知識泉

驛車：歐、美十七、十八世紀最流行的交通工具，運送旅客、貨物及郵件。它行走固定的路線，每到一個驛站便更換馬匹一次，因而稱為驛車。十九世紀被火車取代。

的小酒館裏，擠滿了海員，他們在大聲地說話，不停地抽煙，低矮的屋頂下煙霧騰騰。吉姆站在門口，不敢進去。

這時，從旁邊的一間房裏，走出來一個人。他的左腿被截掉了，他的左腋下架着一支拐杖，走起路來像隻鳥兒在跳，十分靈活。這個一條腿的人高大強壯，有一張大得像火腿的面孔——扁平而蒼白，但卻機靈，含着微笑，一點都不像早前死去的「船長」叫吉姆留神的那個「獨腳水手」。吉姆認為，海盜應該像「船長」、「黑狗」和「瞎子」那樣兇狠、醜惡。

於是，吉姆鼓起了勇氣，跨進門，直向那個一條腿的人走去。

「你就是西爾弗先生吧？」吉姆拿出便條問。

「是的，我的孩子。」

「啊！」西爾弗邊看便條邊說，「你就是我們船上新來的侍應生，見到你真高興。」

正在這時，角落裏的一個顧客突然站起來，慌慌張張地溜出了門。吉姆一眼就認出了他——

「黑狗！攔住他！他是黑狗！」吉姆叫道。

「什麼『黑狗』？」西爾弗問。

「他是海盜！」吉姆答。

西爾弗問在座的顧客認不認識「黑狗」，大家都說不認識。

「黑狗」跑掉了。

在「望遠鏡」酒館發現「黑狗」這件事，重新喚起了吉姆的警覺，他開始注意起這個西爾弗來。對於吉姆來說，西爾弗太沉着、太有準備，又太狡點了。

知識泉

舢舨：在港口內行駛的平底小船。用於運送乘客和貨物往返大型船和陸地。

一切都準備妥當了，利弗西醫生帶着吉姆坐小舢舨，向停泊在深水處的希拉號划過去。

希拉號上的船員和水手們，正忙着搬運各種各樣的東西。船長史莫利滿臉怨氣地站在甲板上。這個史莫利目光敏銳，像是什麼事情都躲不過他的眼睛似的。

「船長，」鄉紳向船長走去，「可以出航了嗎？」

「不怕直說，」船長不客氣地說，「我不喜歡這次航行，不喜歡這些人手，也不喜歡我的同僚。」

「你不喜歡這艘船？也不喜歡你的僱主我，是嗎？」鄉紳質問道。顯然，他被船長的話激怒了。

「等一等，」這時，利弗西醫生插進來。

「不要說些傷感情的話，有事慢慢商量。」利弗西醫生解圍似的說。

「我是你們聘來的船長，但我知道的卻比船上的任何一個人都少！」船長氣憤地說，「尋寶可不是件好玩的事，我不喜歡尋寶的航行，這是一種危險的航行。」

「你說得千真萬確，」利弗西醫生說，「我們是在冒險，但我們有一批優秀的水手。」

「還優秀！」船長不平地說，「這些人放肆地飲酒，不按規則操作，一羣一伙的，不聽統一指揮，整天在談論一張什麼藏寶圖，**鋪蓋**①和彈藥安放得雜亂無章，能航行得好才怪！」

船長後面這幾句話，引起了利弗西醫生的注意。最後，鄉紳也同意，由船長統一指揮，重新調整鋪蓋

---

①**鋪蓋**：指被褥。

和彈藥的安放位置。

全船都翻騰起來了，船長站在一旁監督着，臉上的怨氣像是跑光了。

水手們個個都搬得汗流浹背，經過船長身旁時，都狠狠地盯他一眼。恨不得一腳把他踢下大海去餵魚！

吉姆也累得快趴下了，但當想到馬上就要開航了，便又打起精神來了。

希拉號起錨了，水手們衝天唱出了比爾「船長」唱過的歌：

知識泉

錨：繫在船上的鐵製用具，以繩或鐵索拴縛，投在水中，使船停止前進。

十五人扒上了死人的箱子，

哎——再來他朗姆酒一大瓶！

四、蘋果桶旁的秘密

希拉號性能良好，一路順風，只是在一個漆黑的夜晚，一個愛喝酒的大副，被一個浪頭捲進大海裏去了。

知識泉

大副：船長的第一助手，負責掌管駕駛工作。

一條腿的西爾弗是船上的廚師。在船上，他用一根繩索把拐杖捆在身上，再將拐杖腳插在船板縫中，於是，無論船怎樣顛簸，他都能像在平地上一樣的做飯、炒菜。

鄉紳和史莫利船長之間，仍然很冷淡。鄉紳看不起船長，船長也不理睬鄉紳。船長只跟利弗西醫生説話。

用船長的話説，他從沒看見過這麼放縱的船員——有一點藉口，就開懷大飲；經常打開一大桶蘋果，放在船中間的甲板上，誰愛吃的，都可以自己去拿。

「從來沒有聽說過，這種做法有什麼好結果，」船長對利弗西醫生説，「放縱船員，招來災難。這是我的信條。」

一天日落之後，吉姆想吃一個蘋果。他跑上了甲板，當他整個身子跳進蘋果桶時，才發現，桶裏一個蘋果也沒有了。累了一天的吉姆，坐在黑洞洞的蘋果桶裏，聽着海浪的聲音，隨着大海的上下顛簸，不知不覺地睡着了。忽然，大桶被撞了一下，有個人「撲通」一聲緊靠着大桶坐了下來。他的肩膀倚在大桶上。吉姆被驚醒了，正要從桶裏跳出，那個人開口說話了，吉姆被他的話驚呆了，蜷縮在大桶裏，不敢暴露自己。

「以前，我都是跟着福林幹的，我這條腿就是在搶『印度總督』號時，被炸掉的。那次，搶到的金塊，幾乎連福林那艘老帆船都壓沉了。」

　　説話的是一條腿的廚師西爾弗。

　　「這回，我要自己擔大旗獨立幹了。」西爾弗繼續説。

　　「福林現在哪裏幹？」一個年輕的聲音問。

　　「兩年前死了！」西爾弗答。

　　「他那些金塊呢？」另一個粗嗓門問。

　　「藏起來了。他留下一張藏寶圖，現掌握在船老板崔洛尼和醫生利弗西手上。我一定要把它弄到手裏來。這次，找到了福林的這批財寶，我就可以當一個紳士了；你們口袋裏也會裝滿金鎊的！」西爾弗忘形地説，「不過，誰要在背後搞我的鬼，誰就別想有好日子過！」

　　「西爾弗，我聽你的。史莫利船長叫我受夠了！」

　　「他也把我欺負夠了！」

　　西爾弗身邊的幾個人七嘴八舌地説着。

　　「不，聽我説！」西爾弗像在下命令。

　　「你，」他指着那個粗嗓門説，「要一直把船向前駛到應當拋錨的地點，你還要低聲下氣地説話，任

勞任怨地過日子；你要保持頭腦清醒，直到我發出信號，我的小伙子！」

「唔，我懂了。」粗嗓門應道。

「這裏有一流的航海家——史莫利船長，他為我們駕駛這艘好運氣的帆船；還有那個鄉紳和那個醫生，他們手裏有張藏寶圖，等他們把財寶找到了，幫我們運上船了，我們就……哈、哈、哈、哈！天底下再沒有比這更幸運的事了！」

西爾弗被自己的話陶醉了。旁邊的幾個人，也像喝了朗姆酒似的興奮。唯有躲在大桶裏的吉姆，感到

心驚肉跳。原來，這個一條腿的廚師西爾弗，就是死去的「船長」要吉姆留神警戒的「獨腳水手」！

「從現在起，你們都要聽我指揮！」西爾弗又發話了。「時候一到，我首先要把鄉紳崔洛尼的頭擰下來，然後，再把他們逐個地報銷掉！」

「你真是條好漢！」粗嗓門恭維地說。

「拿酒來！」西爾弗叫道。

一個年輕人，飛快地拿來了酒。蘋果桶邊的這些人就跟西爾弗乾起杯來了——

「祝好運！」

「為老福林喝下這一杯！」

「為我們自己喝下這一口！」

「佔着上風，招財進寶！」

這時候，一道月光照進了桶裏，落到了吉姆身上。月亮升起來了，把船帆也照白了。差不多就在這同時，瞭望塔裏傳出了喊聲——「陸地，嗬——陸地！」

西爾弗他們立刻衝上前去，甲板上一陣奔跑的腳步聲。

吉姆迅速溜出了蘋果桶，偷偷地竄到船頭。

全體船員都在那裏集合了。在船的西南方向，兩座低低的山峯，相距大約有兩哩，在它們的後面，還有一座高一點的山峯。這三座山的外形都是尖尖的圓錐形。

希拉號本來順着風向前進，現在卻靠近那個島嶼

的東邊航行了。

史莫利船長下命令了。

「喂，船友們，把所有的帆篷都調整好。你們當中，有誰曾經見過前面這塊陸地？」

「我見過，」西爾弗高聲說。「我在一條商船上當廚師時，曾經在這裏取過水。」

「下錨處在南邊，在一個小島後面，是不是？」船長問。

「是的，船長。」西爾弗答道。

「你來看看這張圖。」史莫利船長說。「指出剛才你說的那個地方來。」

西爾弗高興得兩眼放光。

但西爾弗看到的，不是老福林的那張藏寶圖，而是一張複製品，上面只有地名、**標高**①和水深。沒有任何藏寶的記號。儘管這樣，西爾弗還是不動聲色地給史莫利船長指出了地點。

「啊，」西爾弗說，「這是一個美妙的地方，

---

①**標高**：地圖上從海平面到某一點的高度。

小伙子們到這個島上，是再好不過了。你可以洗海水浴，可以爬山，可以打山羊！你們什麼時候想到島上去，找我西爾弗好了，我會給你們配製一份快餐，讓你們隨身帶上。」

史莫利船長、鄉紳和利弗西醫生，正聚集在後甲板上交談。吉姆恨不得立即把西爾弗的「秘密」告訴利弗西醫生。正巧，利弗西醫生要吉姆去拿煙斗。吉姆急忙湊到利弗西身邊，小聲地說道：「醫生，我有話要講。你叫船長和鄉紳都到特艙^①中去，然後找藉口叫我去。我有可怕的消息要報告！」

醫生面色微微一變，但立刻控制住了自己。

「謝謝你，吉姆，」他故意大聲地說，「這就是我要知道的。」好像剛才吉姆回答了他的什麼問題。說完，醫生便走回船長和鄉紳那邊去了。

顯然，利弗西醫生已把吉姆的要求告訴船長和鄉紳了。他們不動聲色。

只聽見船長給水手長下了一道命令，一下子全體

---

^①**艙**：飛機或船內可容納客人及貨物的部位。

水手就被**哨子**①召集到甲板上了。

「弟兄們，」史莫利船長說，「我們航行的目的地快到了，崔洛尼紳士非常慷慨，為大家準備了些水酒，為大家的健康和好運乾杯。讓我們給崔洛尼紳士一個真正水手式的歡呼吧！」

在一片歡呼聲中，突然響起了西爾弗的聲音：

「再為史莫利船長來一個歡呼！」

在一片歡呼聲中，利弗西、鄉紳和船長下到了特艙。沒多久，就傳出話來，要吉姆到特艙去。

吉姆把剛才西爾弗在蘋果桶邊說的話，迅速地重複了一遍。

鄉紳和醫生都有點氣憤和緊張。只有船長表情沉着。

「我看有三點，」史莫利船長說，「第一、我們必須繼續前進，不能返航，如果我下令返航，他們一定會立即起事的；第二、我們還有時間——至少直到財寶被找到之前；第三、船上還有忠實可靠的人，我

---

①**哨子**：一種吹器。聲音尖銳，用來發出警告或信號。

們要把他們集中起來，等待時機，給西爾弗一伙以出其不意的打擊。」

　　鄉紳和醫生都贊同船長的看法。他們計算了一下，發現自己這一邊，只有七個人，而西爾弗那一伙卻有十九個。

　　船長叮囑大家：「一定要裝着若無其事一樣，同時要保持高度的警戒，千萬不要打草驚蛇。」

～ 五、吉姆在岸上的冒險 ～

　　第二天清晨，當吉姆走上甲板時，他發現那個島的外貌完全變了。灰色的叢林遮蔽了大部分的海岸；島上的樹木高高低低，在樹叢上面，矗立着光禿禿的山峯。一切東西的形狀都很奇特。那座全島最高的望遠鏡山，外形最奇特。它的每一面都很險峻，它的峯頂不是尖的，而像是被削平了的平台。

　　這個島，在吉姆看來，是那麼的生動，那麼的新奇，那麼的神秘。

　　吉姆恨不得一步就跨到小島上去。可是，希拉號卻在距離平坦的東海岸半哩遠的地方停下來了。

　　浪花在船邊不停地翻騰着。帆杆緊緊地綁在滑輪上，尾**舵**[①]

知識泉

滑輪：邊緣有溝，用鋼繩把固定的滑輪和活動的滑輪連起來，可以當起重機。每加一個活動滑輪，可省一半力，因而活動滑輪越多越省力。

[①]**舵**：用來控制船隻航行方向的裝置。

「砰乓」、「砰乓」地左右搖擺。整隻船在顛簸着、呻吟着。吉姆覺得，自己好像走進了一座工廠，頭昏腦脹的。

船員們忙了整整一個上午。由於沒有一點兒起風的跡象，船長下令把小艇放下去，載上人，用纜繩把大船繞着島的一角，拉進避風港。

吉姆自告奮勇地登上了一條小艇。

天氣熱得使人發昏，水手們抱怨船長給他們派苦工。那個水手長，不但沒有勸水手們不要叫罵，反而還大聲地發牢騷。

「哼，」他發出一聲咒罵説，「這苦日子長不了啦！」

西爾弗一直站在**舵手**①身邊，指引着大船進港。他對這一帶的水路，瞭如指掌。

船順利地進港了，就在地圖上的下錨處下了錨，距離兩岸都在三分之一哩左右。海底是乾淨的沙礫。大鐵錨拋下去，驚起了一大羣鳥兒，牠們在樹叢上空

---

①**舵手**：掌舵的人。

盤旋着，啼叫着。

這個避風港，除了一個進出口外，其他幾面都被陸地包圍着，四周叢林茂盛，海灘十分平坦，山峯在周圍一段距離外矗立着，這裏一座，那裏一座，組成了一個「圓形劇場」。兩條小河從遠處曲曲折折地流進了這個「劇場」的中心。遮蔽着這段海岸的葉叢，在烈日下發出一種刺眼的綠光。這裏像是從沒有人來過似的。

空氣沉悶得使人透不過氣，除了半哩外碎浪拍岸、波濤衝擊岩石發出的「隆隆」聲外，沒有其他一點兒聲息。下錨的地方，發出一種潮濕的樹葉和腐爛的樹幹的氣味。利弗西醫生在嗅來嗅去，像在尋找死老鼠似的。

如果說水手們在小艇上的叫罵，已是叛變的先兆，那麼，他們回到大船後，就在蠢蠢欲動了。他們聚集在甲板上，亂紛紛地議論着，不理睬上頭下來的命令，或者是馬虎應付。而那個西爾弗，卻裝得比誰都溫順。他對每個人都面帶笑容；每當一項命令下來，西爾弗總是立即架着他的拐杖，用世界上最愉快

的腔調應道：「是，是，先生！」

　　船長他們在特艙中開了一個會，想出一個辦法來對付西爾弗他們。

　　船長走上甲板對船員們發言了：

　　「弟兄們，我們遇上了個大熱天，大家都辛苦了，今天下午，讓大家到岸上去換換空氣，小艇還在水裏，你們可以使用小艇。日落前半小時我鳴槍，作為返船的信號。」

　　船員們慍怒的面孔，一下子都樂開了花，他們發出了一陣歡呼。他們一定以為，一上岸就會碰到金堆銀堆的。

　　船長十分機警，他沒再逗留，一轉眼就走開不見了，甲板上只留下西爾弗去安排他的同伙。

　　史莫利船長明白，西爾弗才是他們的船長。西爾弗把他們的人分成兩組，六個傢伙留在大船上，其餘的十三個，包括西爾弗在內，開始登上小艇去了。

　　不知是好奇，還是想冒險，吉姆悄悄地跳上了另一艘小艇，趴在船頭板下。

　　沒有人注意到吉姆，只有船頭的槳手關照吉姆：

「別抬頭！」

西爾弗在另一艘小艇上朝四周敏銳地掃視着，他大聲地問：「船頭那個是不是吉姆？」

吉姆後悔自己獨自一人夾在海盜堆裏了。

水手們爭先恐後地把船划向岸邊。吉姆坐的那條小艇，划在了前頭，不一會兒就到達了岸邊。吉姆抓住一根樹枝，把身子盪上了岸，然後就拚命地往叢林裏鑽。這時，西爾弗和其餘的人，還落在一百碼之後。

「吉姆，吉姆！」西爾弗在大喊。

吉姆沒有理睬他，跑着、跳着、閃避着，一個勁地向前鑽、向前鑽！

吉姆終於把西爾弗甩掉了。他開始環顧四周，帶着一種好奇心，欣賞着自己腳底下這塊奇異的地方。

吉姆穿過了一片寬闊的爛泥地，那裏面長滿了柳樹、蘆葦和許多古怪的植物。忽然間，他想

知識泉

蘆葦：一種高大的多年生禾草，喜歡長在溪流兩岸、沼澤及濕地等水分充足的環境。莖部細緻而有光澤，可用來編織蘆簾；花穗成熟經乾燥後，可做掃帚；春天長出的嫩芽可吃。

起了小時候媽媽給他講過的「食人花」，他特別繞開那些長滿刺的、像蛇一樣彎彎曲曲的、低矮的植物，生怕碰上了，會被捲進去、被吃掉。

在吉姆周圍，除了那些叫不出名字的植物，和那些不會說話的野生動物外，再沒有別的活物了，在這荒涼的島上，吉姆初次嘗到了探險的樂趣。

當吉姆穿過一片岩石的時候，耳邊忽然響起「嘶嘶」聲——一條蛇從凸出的岩石上抬起了頭，那長長的蛇身盤蜷着，像一隻旋轉着的陀螺。吉姆急忙跳開，頭也不回地往前竄。

吉姆來到了長滿蘆葦的**窪地**①邊。窪地在強烈的陽光照射下，冒着水汽，望遠鏡山的輪廓就在這層水汽中搖曳。吉姆又累又渴，正想找個地方坐下來歇一下。突然，蘆葦叢中發出一陣嘈雜聲，一羣野鴨「撲、撲、撲」地被驚起；窪地上空頓時被一大片盤旋的飛鳥遮蔽着。那驚鳥的嘶鳴，像是在給吉姆報信——那些同船的人來了！

---

①**窪地**：地面上局部低陷的地方。有些廣闊的窪地由於排水不良，中心部分常積水，形成湖泊或沼澤。

吉姆驚恐地蜷縮在身邊的一棵常青橡樹下，靜靜地傾聽着。

是西爾弗跟另外一個人在談話。他滔滔不絕地談得很認真，但由於隔得遠，吉姆聽不清他們在講什麼。

説不清是責任感還是好奇心，吉姆趴在地上，一步一步地向前爬，爬近西爾弗他們談話的地方。

透過一叢樹葉，吉姆看見西爾弗正和另外一個船員，站在一個被樹木密密圍着的綠色小窪地上交談。

陽光正照着他們。西爾弗的臉激動得發光。

「伙計，」他正在説，「我很看重你，把你看得同黃金一樣重，你識相的就跟我們走，否則，就難保性命了！」

「西爾弗，」那人漲紅了臉，聲音沙啞地説，「你老了，又有錢，不要跟那些無賴們幹──」

他的話突然被對面山頭一聲可怕的、拉長的慘叫打斷了。這聲慘叫，在望遠鏡山的峭壁上，反覆地回響着，鳥兒又成羣地驚起盤旋，把天空都遮住了。

這是一聲臨死前的慘叫。正在跟西爾弗説話的那

個人，被這聲音嚇了一大跳；而西爾弗卻連眼皮都沒有眨一眨。他站在原地，輕鬆地倚着他的拐杖，像一條準備躍起的蛇那樣，監視着他的同伴。

「西爾弗！」那個人衝着西爾弗喊道，「你們不能殺人！不能殺人！我不跟你們幹，我不能跟**劊子手**^①在一起！」

說着，這個勇敢的人便轉身向海灘方向走去。

西爾弗沒有放過他，揮起自己的拐杖，猛力地向那個人的背脊擲過去。拐杖的尖頭，正好擊中那個人的脊骨，他雙手向上張開，「哎喲」一聲便跌倒在地上了。

西爾弗立即向那人撲了過去，拔出尖刀，狠狠地在他身上插了兩下。

吉姆被這兇殘的場面嚇暈了，一時間，眼前亂七八糟的，什麼也看不清。等他重新清醒過來時，西爾弗已經滿不在乎地、在青草上擦拭着他那把沾滿血污的刀子了。他殺死一個人，真比殺一隻雞還輕易！

---

①**劊子手**：古時執行斬刑的人。這裏是指殺人兇手。

西爾弗拿出一個哨子吹了起來，聲音在炎熱的空氣中四處傳開。

吉姆立刻意識到，他是在召集同伙，不知道下一個被殺的是誰，會是自己嗎？吉姆害怕了，他開始逃命。

他盡可能輕輕地重新爬了回去，爬向那樹木長得更密的地方。當他離開樹叢後，便沒命地奔跑起來了，他心裏只有一個念頭——避開那些殺人兇手、逃命！

六、被放逐的海盜

　　吉姆不擇方向地跑着，不覺跑近了那座有兩個山
峯的小山腳下。這裏長着更多的常青橡樹，比起島上
別的地方，更像一片樹林，空氣聞起來比窪地邊上的
新鮮得多。這兒似乎安全了點兒，吉姆靠在樹上喘着
氣。

　　忽然，一個影子在一棵大樹後面一閃而過。是
熊？是人？還是猴子？吉姆完全説不清，只覺得那是
一個黑乎乎、毛蓬蓬的怪物。

　　吉姆正準備拔腿向前跑，那個影子又出現了，他
在吉姆周圍兜了一圈，攔住不讓吉姆走。

　　吉姆忽然想起媽媽給他講過的「食人生番」來。
不知是累還是怕，吉姆一下子癱倒在地上了。

　　「影子」沒有「食」吉姆，他也不是什麼怪物，
他是一個人。吉姆睜開了緊閉的雙眼，站起身來。那
個黑乎乎、毛蓬蓬的人，正朝吉姆走來，他走走退

退、退退走走，最後，竟然跪倒在地上，伸出合起的雙手，向吉姆作出一種懇求的姿態。

「你是誰？」吉姆問。

「本恩。」他答道，聲音像把生鏽的鎖，嘶啞、生澀。「我是可憐的本恩，我在這三年中沒有同一個文明人講過一句話。」

本恩是個白種人，樣子還長得挺好的，他的皮膚被曬得烏黑，眼睛十分明亮，身上的衣

服破爛得不能再破爛了，全身唯一結實的，就是腰間
繫着的一條有銅扣的皮帶。

「三年！」吉姆叫道，「你的船隻失事了？」

「不！」他説，「我是被放逐的。」

吉姆知道，這是海盜中間通常採用的一種可怕的
懲罰，就是把犯人放在偏遠的荒島上，只留給一點點
火藥和子彈，把他丟在那裏。

「三年前被放逐的，」他接
着説，「而從那時起，我就只靠
山羊為生，還有漿果、蠔。不管
一個人到了哪裏，我説，人總是
能自力更生的。但是，朋友，我
嚮往文明人的飲食，嚮往得心都酸了。你身上有帶點
什麼吃的東西嗎？」

「如果我還能回到船上，我一定帶點東西來給你
吃。」吉姆説。

「如果你還能回到船上？」他問，「誰阻擋
你？」

「反正不是你。」吉姆答道。

「你叫什麼名字？」他又問。

「吉姆，叫我吉姆吧！」

「吉姆、吉姆、吉姆，」他反覆地叫道。「吉姆，我經歷的艱難，三天三夜也説不完；我在這個島上，把一切都想透了，我要改惡從善，做個好人！」他環顧四周，壓低聲音地對吉姆説：「我發財了、發財了、發財了！」

「這個人一定是由於孤獨而發神經了。」吉姆在心裏想。

「吉姆，你真幸運，你是第一個找到我的人！」那個人繼續説，臉上突然掠過一道陰影。

「吉姆，告訴我，那是不是福林的船？」

聽到這話，吉姆緊張的心情突然放鬆了。他意識到，面前的這個本恩不是自己的敵人，而是自己的**盟友**①！

「那不是福林的船，福林已經死了，但船上有一些人是福林的部下，我們這些不是福林部下的就倒霉

---

①**盟友**：大家立場一致，共同遵守盟約的朋友。

了。」吉姆説。

「有沒有一個——一條腿的人？」本恩倒抽了一口氣道。

「西爾弗？」吉姆問道。

「啊，西爾弗！」本恩叫道，「那是他的名字。」

「他現在是廚師，也是他們的頭子。」

「你如果是西爾弗派來的，」本恩有點激動地説，「我就沒命了！但，你現在是——逃命？」

吉姆點點頭，接着就把自己如何得到「藏寶圖」，如何的跟利弗西醫生等出海，又如何的聽到西爾弗的「秘密」，以及如何地被西爾弗追殺等經過，一一告訴本恩。

本恩輕輕地撫摸着吉姆的頭説：「你是個好孩子，吉姆。現在，我們的處境都十分危險。你就相信我，我本恩，是個能辦事的人。但，你們那個鄉紳是個慷慨的人嗎？」

「是的，」吉姆答道，「他是當地最慷慨的一個紳士。」

「他能從他將得到的那批財寶中，分給我一份嗎？」本恩問道。

「當然。」吉姆像是鄉紳的代言人似的說。「就像已經談定的那樣，所有的船員本來都有一份。」

「還能允許我搭船回家？」本恩極其機靈地瞟了吉姆一眼，接着說。

「當然，」吉姆大聲說，「鄉紳是個正人君子。何況，如果我們能除掉那幫人，我們還要請你幫忙開船回家哩！」

「啊！你們會這樣做的。」本恩十分放心地說。

「好吧，我來告訴你是怎麼回事吧，」他繼續說了下去。「福林埋藏那些寶物時，我就在他的船上。他帶了六個人一起去了——六個健壯的水手，他們在岸上呆了差不多一個星期，我們呆在福林號上卻沒事幹。有一天，發來了信號，那是福林獨自划着小船回來了。那時，太陽剛剛出來，他的面孔看上去一片慘白。小船上只有他一個人，同船去的其餘六人，全死了，而且全埋了，他是怎麼幹的，我們留在大船上的人，沒一個能知道。比爾當時是大副，西爾弗是舵

手，他們問福林，寶物都在哪裏了？福林沒有回答，只是威脅地説：『你們可以上岸去找，還可以留在島上不再回來。』」

沉默了一會兒，本恩繼續説：「三年前，我在另一條船上。一次，船經過這個島，有幾個人跟我一起，上岸尋找福林的寶藏。但整整找了十二天，還沒找到。大家把我罵得狗血淋頭。他們把我丟在島上，留下了一枝火槍、一把鐵錘和一把鶴嘴鋤，説——『你自己留在這裏找福林的財寶去吧！』就這樣，我在這裏過了三年。三年了，我沒吃過一口文明人的飯，都快變成野人了！」説着，本恩便嗚嗚地哭了起來了。

「吉姆，」他接着説，「你能告訴鄉紳，『本恩是個好人』嗎？」

「會的，問題是，現在我們怎麼去找鄉紳？」

「啊，」本恩説，「我有一條小船，是我自己做的，我把它藏在那塊白色的岩石下面了。天黑以後，我們可以試它一試。」

突然，島的那一邊傳來了一聲巨響——「轟！」

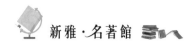

「他們開火了！」吉姆叫道，「跟我來！」

於是，吉姆便帶着本恩，朝海灘衝去。此時，吉姆已經不知道什麼叫恐懼了，只知道快跑、快快找到鄉紳和利弗西醫生。

島上的槍聲此起彼伏，在奔跑中，吉姆看見，在前面的一個叢林上空，飄揚着一面英國國旗。

七、木寨的戰鬥

且說利弗西醫生發現吉姆溜上小艇後，心裏非常着急，他怕這孩子會遇到什麼不測。

西爾弗留在大船上的六個惡棍，此時正圍坐在甲板上嘀嘀咕咕。

利弗西醫生發現，岸邊的那兩條小艇上，各坐着一個人，是西爾弗讓他們留在那裏的。

等待是沉重的、難熬的。鄉紳他們決定，派他的僕人亨特和利弗西醫生，上岸了解情況。

亨特和醫生乘着小艇，朝地圖上那個木寨的方向划去。

岸邊的兩條小艇橫靠着，當他們發現利弗西他們划着小艇過來時，顯得有點慌亂，但很快就平靜下來了。如果他們去報告西爾弗，那麼，對利弗西他們來說，就很不利了。顯然，留守在小艇上的那兩個人，

沒有這樣做。

　　海岸上有一個小小的彎位，利弗西醫生操縱着小艇，使這個彎位擋在自己和那兩條小艇之間。就這樣，利弗西醫生和亨特，躲過了留在小艇上的那兩個人的視線，快速地跳上了岸，朝着木寨的方向猛跑。

　　很快，他們就跑到了木寨前面。

　　這是一座用圓木搭的、粗陋而堅固的屋子，它建在一個小土丘上，一股清澈的泉水繞着這座木屋流過。這座木屋在危急關頭可以容納下四十個人，它四面都有槍眼。在這座屋子的周圍，原來的主人清出了一片寬闊的空地，然後用一圈六尺高的欄柵，圍了起來。這圈欄柵沒有門，也沒有開口，非常牢固。不花費時間和力氣，是很難推倒的。對於圍攻者來説，這片開闊地，又使他們難以隱蔽。木屋中的人，可以從各個方面，打擊圍攻者。如果有一個好的**瞭望哨**[1]和充足的彈藥和食物，裏面的人可以抵抗一個團的兵力。

---

[1] **瞭望哨**：用來觀察敵情的地方。

環繞木屋的這股泉水，強烈地吸引着醫生。因為，雖然他們在希拉號的特艙裏，也佔據着十分有利的位置，有大量的武器和彈藥，還有食物和上等的酒，但卻沒有淡水。

「如果我們能搬到這裏來，就有救了！」利弗西醫生自語道。

正在這時，遠處傳來了一個人臨死前的慘叫聲，那聲音響徹了全島。

醫生對慘死並不陌生，但此時，他的心跳也加快了——「吉姆完了！」

利弗西醫生顧不得多想了，回身就往小艇那邊跑，他迅速地回到了岸邊，跳上了小艇。

亨特划得一手好槳，不一會兒，就靠上了希拉號。

利弗西醫生把自己的方案告訴了船長。接着，大家就仔細研究起行動計劃來了。

現在，希拉號上共有十二個人。其中，六個是西爾弗那邊的人；其餘六人分別是船長史莫利、鄉紳崔洛尼、醫生利弗西和鄉紳的三個僕人——老湯姆、亨

特和喬斯。

　　船長讓老湯姆帶着三四支實彈的火槍，和一塊防衞用的墊子，守在特艙和前甲板之間的通道裏；亨特把小艇划到靠近後艙口的下面；喬斯和醫生則負責把火藥桶、火槍、餅乾袋、醃①肉罐頭、一桶白蘭地酒和醫生的藥箱，裝上小艇。

　　這時，鄉紳和船長則走上甲板。

　　船長向舵手——這艘船上的重要人物——打了招呼。

　　「舵手先生，」他説，「我們兩個人，每人手上都有兩支手槍，如果你們六個人中的任何一個，要發出任何信號，我就立刻叫他去見閻王。」

　　舵手他們大吃一驚，交頭接耳了一陣，就一齊竄到前甲板艙口，顯然是想截住船長他們的退路。但是，當他們看到老湯姆已經守在那裏時，就立即退了回來。

　　「下去，狗東西！」船長吼道。

---

① **醃**：將食物加鹽、糖或各種香料，浸泡一段時間的食物烹調和保存方法。

六個人退到了前甲板的一角。

喬斯和醫生匆匆忙忙地往小艇上裝東西。

裝滿東西的小艇，迅速地向岸邊划去。

這第二個來回，引起了岸邊小艇上那兩個看守者的注意，其中一個貓一樣地跳上了岸，不見了。

醫生他們迅速地在上次那個地方上了岸。他們背的背，扛的扛，把小艇上的物資運上了木寨前的斷崖。然後，留下喬斯守衛。亨特和醫生則一次又一次地往返於小艇和斷崖之間，直到把全部物資都安置好為止。

當亨特和喬斯都進入了木屋的崗位後，利弗西醫生就重新跳上小艇，向希拉號拚命地划過去。

醫生他們必須冒着危險，再一次把小艇裝滿。

鄉紳拉住了利弗西划回來的小艇纜繩，其餘的人就拚命地裝船。這一次裝的是醃肉、火藥和乾糧，除了每人身上帶的一支火槍和一把腰刀外，剩下的武器和彈藥都沉到水裏去了。

這時，小艇那邊傳來了一陣嘈雜聲，這是給醫生他們的警告——該走了。

老湯姆已經從通道那邊撤了下來，跳上了小艇。

史莫利船長則在向西爾弗留下的那六個人喊話：

「喂，你們聽見我説話嗎？」

前甲板那邊沒有回答。

「這是對你講的，拉雷——我是在同你説話。」

仍舊沒有回答。

「拉雷，我要離開這條船了，我命令你跟着你的船長走。我知道你實際上是個好人，而且，我還敢説，你們當中沒有哪一個是像説的那麼壞。我現在手裏拿着錶，我給你三十秒的時間到這邊來。」

停了一會兒。

「來吧，我的好小伙子，不要再耽誤了，我的每一秒鐘，都是在拿我自己的性命，還有這些好心的先生們的性命來冒險的！」

突然，前甲板傳來一陣扭打聲，接着，拉雷跳了出來，臉上帶着一道刀傷，他奔向船長。

「我跟你走，船長！」他説。

只一會兒，他和船長就跳上了小艇。

小艇離開了希拉號，向木寨方向再次划去。

小艇的最後一趟行程，與前幾次不同。首先是超載。五個成年人中的三個——鄉紳、船長和老湯姆，都是身材高大的漢子。光這幾個人站在小艇上，就滿載了，更不要說還有火藥、醃肉和麵包袋了。由於超載，小艇的後舷幾乎貼到了水面，稍不留意，小艇就會進水。

其次是退潮形成的一道很強的急流，使小艇很難把好方向，沿着前幾次的航線前進。

船長命令大家移動位置，使船保持平衡，然後穩速向前。

突然，船長又開腔了，聲音顯得有點緊張：

「大炮！我們把船上的那門大炮給忘了！」

就在這時，希拉號上的那五個歹徒正圍着那門大炮，忙着解下它的炮衣——一個結實的油布罩子。裝炮彈和火藥的木箱就在旁邊。一個歹徒舉起斧頭，劈開了一個木箱，炮彈就滾了出來。

歹徒們有的在忙於裝炮彈，有的在忙於用鐵條通炮口。

　　「誰的槍法最好？」船長問。

　　「崔洛尼先生，他的槍法最出眾。」醫生答。

「崔洛尼先生，你能打中這伙人中的一個嗎？」船長又問。

崔洛尼點點頭。此時，他冷靜得像塊鋼鐵，先檢查了一下槍膛裏的子彈，然後舉起了槍。

船長命令大家停止划槳，靠在一邊，使船保持平穩。

「砰！」子彈打中了大炮旁的一個歹徒，那人應聲倒下，並發出了叫喊聲，他的喊聲不僅在船上的同伙中引起了反響，還引起了岸上的一陣喧嘩。海盜們成羣地從叢林中衝出來，翻進了小艇。

「小艇過來了！」醫生喊道。

「快划！」船長叫着，「如果我們不能上岸，就一切都完了！」

「只有一隻小艇在上人，」醫生補充道，「其餘的像是要從岸上繞過去截我們的路。」

「我們得來一場緊張的比賽。」船長答道。「我擔心的是炮彈，它對我們的威脅最大。」

話聲未落，炮彈就從小艇上方飛過，炸響了。這就是吉姆聽到的那聲炮彈爆炸聲。氣浪掀翻了小艇，艇上的五個人全落水了，艇上的物資也全沉到水裏去了。幸運的是沒有一個人受傷，翻艇的地方也離岸不遠了，水不深。於是大家高一腳低一腳地涉水向岸上走去。

這次翻艇的最大損失，是武器的丟失。現在，只有船長和醫生還帶着槍，其他的全落水了。大家都顧不得去打撈了，只是儘快地向木寨走去。而每前進一步，幾乎都聽見海盜的聲音更加迫近了。不一會兒，就連海盜們奔跑的腳步聲都聽得見了。

「要打一場**遭遇戰**[①]了！」利弗西醫生説，「船長，崔洛尼是神槍手，把你的槍給他。」

從出亂子時起，鄉紳崔洛尼就一直保持着沉默和鎮定。他停了一刻，看一看槍支是否全部合用。同時，讓醫生把腰刀遞給拉雷，因為他沒有武器。

拉雷揮舞着腰刀，讓刀刃在空中閃閃發光，像是告訴伙伴們：我不是個飯桶。

他們終於趕在海盜的前頭，搶先進入了木寨。

海盜們隨即也趕到了木寨邊。他們知道船長那邊有準備，便不敢貿然進攻了。他們後退了一點。

這時，木屋裏的人正瞄準寨邊的海盜開槍。

有一個海盜中彈倒下了，其餘的幾個同伙，立即

[①]**遭遇戰**：敵對雙方相遇時發生的戰鬥。

轉身鑽進了樹林。

醫生他們走出了欄柵，去察看那個倒下的人。這個傢伙已經斷氣了。

知識泉

灌木：無明顯主幹的木本植物。一般矮小，近地面處枝幹叢生。例如茶花、杜鵑花等。

大家正要慶賀這個小小的勝利，灌木叢中突然飛出一顆子彈，可憐的老湯姆應聲倒地。

船長和拉雷扶起了老湯姆，但一切都完了。他呻吟着，流着血，被抬進了木屋。

這個可憐的老僕人，從他的主人遭難的那一刻起，直到同伴們把他安置在木屋裏等死時，都沒有吐出一句表現驚慌、埋怨和恐懼的話；他曾經用一條墊褥作掩護，勇敢地守衛在帆船的通道上；他曾經默默地、忠實而出色地執行了每一個命令；他是這支人馬中年歲最大的一個，他比鄉紳大二十來歲。

鄉紳跪倒在他的身旁，孩子般地哭了起來。

「湯姆，能寬恕我嗎？」鄉紳問。

「別──這樣──老爺。」湯姆最後説。

船長默默地翻出了兩面英國國旗，一面豎立在木

屋頂上，另一面則蓋在了湯姆身上。

然後，他把醫生拉到一邊問：「利弗西醫生，你和鄉紳指望的那艘護航船什麼時候才能到？」

「起碼要幾個月以後才能到。」醫生答。

「我們的糧食不夠！我們丟失上一船物資。」

正說着，「轟隆」一響，一顆炮彈從木屋頂上呼嘯而過，落在了前面的樹林中，炸開的石塊和彈片打在了木屋的周圍。

敵人又向木寨開炮了，這一次，他們瞄得更準，炮彈落在了欄柵邊，幸虧沒有造成什麼破壞。

「船長，」鄉紳說，「從大船上，是看不見這座屋子的，他們一定是瞄準那面旗打的，趕快把旗子收起來吧！」

「要我降旗？」船長吼道，「不！」

同伴們立刻表示贊同船長的做法。因為這不僅表現着一個戰鬥集體的精神和氣概，同時，也是一種策略，從心理上給敵人造成威脅。

整個傍晚，敵人都在不斷地轟擊，一炮接一炮的，但那些炮彈不是飛得太遠了，就是打得太近了，

知識泉

潮水：潮是指海水受太陽和月亮的引力影響，發生定時漲落的現象。白天上漲叫潮，夜晚上漲叫汐。船隻每每利用潮汐的固定變化，決定出港、進港的時間。

總沒擊中木屋。

這時，潮水已經退去好久了，船長派拉雷和亨特到沙灘去，拉回先前沉到水裏的醃肉。但西爾弗他們已經搶先拖走了那些沉在水裏的補給。他們不知從哪裏弄來了武器，每人身上都背

着槍。

　　船長坐下來，寫他的航海日誌；醫生在擔心着吉姆的命運。

　　夜幕降臨了，小島又恢復了平靜。

　　忽然，從木屋後面傳來了一聲呼喚。

　　「有人在叫我們，」放哨的亨特報告説。

　　「醫生！鄉紳！船長！我是吉姆！」

　　「吉姆？」醫生第一個衝到門口。

　　這時，吉姆正迅速地從欄柵那邊爬了過來。

　　「吉姆！」醫生緊緊地抱着吉姆，激動得一時説不上話來。

知識泉

航海日誌：船隻日常工作的記錄。由值班駕駛員按時登記船隻的速度、方向、氣象、潮流、海面和航道情況、燃料消耗、旅客情況等。

八、像演戲似的談判

吉姆看看各人，像見到了親人，回到了家似的高興。他向大家講述了中午以來的經歷。

船長和鄉紳都在認真地聽着，利弗西醫生坐在吉姆身邊，不時地用手摸着他的頭。大家都在慶幸吉姆的平安歸來；也在仔細地捕捉着吉姆帶回來的任何有用的信息。

亨特端來了一些麵包和醃肉片，吉姆抓起來就往嘴裏塞，因為實在太餓了。

吃飯的這當兒，吉姆環顧了自己的周圍。

這木屋的房頂、牆壁及地板，都是用未經修整的樹幹構成的。木屋裏沒有桌子，也沒有椅子，更沒有牀，只有一些樹椿子，和一個用來生火煮食的鏽鐵框。

吉姆邊吃麵包邊走出了木屋。他看見木屋前的空地上，有很多樹椿，小丘的斜坡上也盡是樹椿。看得

出，從前這裏是一片茂密的樹林，只是為建這個寨子而被砍光的。

太陽快下山了，吉姆轉身回到木屋裏。

船長是個出色的指揮員，他把木屋裏的人分成兩組，讓大家輪流值班、拾柴火，還要給老湯姆挖墓穴。

醫生和吉姆是值同一班的，只要他倆在一起，就總有話説。

「本恩是個好漢子嗎？」醫生問。

「我弄不清，」吉姆説。「我不知道他的神經正不正常。」

「我看是正常的，」醫生很自信地説，「不然，他為什麼不跟着你來這木屋裏『吃文明人的飯』？他現在是要等着看我們是不是真的信任他。」

「是的，」吉姆贊同地説，「本恩説過，有用得着他的時候，就到今天發現他的那個地方去找他。他還説，他來的時候手上將拿着白色的標記！」

墓穴挖好了，大家一起把老湯姆葬在了沙地裏；然後，脱帽肅立，向老湯姆致哀。

忙完這一切，天就全黑了。船長、鄉紳和醫生他們這才圍坐下來吃晚餐。吉姆湊上去，又吃了一頓。

大家都分得了一杯上好的白蘭地酒。這頓飯，總算吃得安靜。

飯後，吉姆的眼睛怎麼也睜不開了，他靠着一個樹椿，呼呼呼地睡着了。

船長、鄉紳和醫生，則仍聚在屋角，討論下一步的行動。

天快亮時，吉姆被一陣忙亂的腳步聲驚醒了。一看，別人早都起身幹活去了。

知識泉

白旗：戰鬥中落敗的一方，雙手舉起四角形白旗，以示投降。

「白旗！」**放哨**①的拉雷大聲喊道。「西爾弗也上來了！」

當聽到「西爾弗」三個字時，吉姆跳起了身，一邊揉着眼睛，一邊向牆邊的一個槍眼衝去。

真的，西爾弗和一個打着白旗的人，正向木寨這邊走來。

---

①**放哨**：派出哨兵巡邏。

借着微明的天色，吉姆看見遠處的西爾弗和他的副官突然停住了腳步，白茫茫的霧氣遮住了他們的腿。

「不要出去，弟兄們，」船長説。「十有八九是一個詭計。」

接着，他向海盜喊話：

「什麼人？不許動，否則我們就開槍了。」

「休戰旗。」西爾弗高聲道。

船長轉身對大家說：

「醫生負責當班警戒；

吉姆，到東面；

拉雷，西面。

其餘的裝滿火槍彈，提起精神來，小心。」

「你們打着休戰旗來幹什麼？」船長又向海盜喊。

「西爾弗船長要求上來談判。」西爾弗的副官喊道。

「西爾弗船長？我不認識他。」船長叫道。

「是我，史莫利先生，」西爾弗回話了。「在你離職之後，大家就推舉我當船長了，先生。」——他有意在「離職」這個字眼上，加重了語氣。「我們願意歸順，我們一齊來談談，怎麼樣？」

「老弟，」史莫利船長說，「我根本就不想同你談話。要是你想找我談，你可以上來。」

「這就行了，史莫利先生。」西爾弗高興地叫道。隨後，便掛着拐杖穿過了樹林，向欄柵走來。

這個西爾弗，雖然只有一條腿，行動起來卻不比有兩條腿的人差。只見他先把拐杖丟進了欄柵裏，然後，迅速把那條「獨腿」伸了進來，並側身順勢擠過了欄柵，進入了木寨。

吉姆被正在發生的事情吸引着了，他離開了東邊的槍眼，趴在船長的後面。

西爾弗花了很大的力氣，才爬上了小丘，來到了船長面前。他用優美的姿勢，向船長行了一個禮。今天西爾弗穿得特別好——一件寬大的藍外衣，上面滿是黃銅扣子，帽子也鑲着漂亮的花邊。

「你來了，老弟，」船長站在木屋門口，抬起頭說，「你最好是就地坐下來。」

「你不打算讓我進去嗎，船長？」西爾弗抱怨道。「清早這麼冷，叫我坐在屋外的沙地上，這……」

「喂，西爾弗，」船長打斷他的話說，「你如果安分守己，現在你就會坐在你的廚房裏，而不在這！

你是我船上的廚師，我會優待你；但你是『西爾弗船長』，是個海盜，理應受到懲罰！」

「好啦，好啦，船長，」西爾弗按吩咐，坐在沙地上回答道，「你這地方真好。啊，這是吉姆！早上好，吉姆。醫生，我向你問好。哎呀，你們聚在一起，可以說是一個愉快的家庭啦。」

「你有什麼話，直說好了。」船長不耐煩地說。

「說得好，史莫利船長，」西爾弗答道，「的確，公事公辦吧。你們的人昨天夜裏來打我們了，如果我們不是喝醉了酒，一定會當場抓住你們的。現在，我們又少了一個伙計了！」

船長被西爾弗的話搞糊塗了。

吉姆則心裏明白：一定是本恩趁海盜們喝醉了酒，襲擊他們了。吉姆用心數了數——好傢伙，現在只剩下十四個敵人要對付了。

「好吧，就這麼回事，」西爾弗說，「我們要那筆財寶，我們一定能得到它，這是我們的目的！而你們呢，我看，你們只要保住自己的性命就行了。這是你們的目的。你們有一張圖吧？把這張圖拿出來，我

們需要這張圖。」

「我們完全明白你想幹什麼，」船長打斷他的話。「但你要拿走我們的圖，是辦不到的。」

船長裝上一斗煙，鎮靜地注視着西爾弗。

西爾弗也湊上來裝了一斗煙，點燃了。於是兩人便對坐着抽起煙來。有時，他們面對面地互相注視着；有時又伸長頸吐一口煙，真像是在演戲。

「喂，」西爾弗重新開始説，「就這樣吧，你們把那張藏寶圖給我，不要再向我們開槍，也不要在他們睡熟時去敲碎他們的腦袋。如果你們答應這樣做，我們就讓你們作一個選擇──或者，在財寶裝上船後，你們同我們一齊上船，然後，在適當的地點，讓你們平安上岸；或者，你們可以留在這個島上，等我們去通知其他的船來搭載你們。這夠優待你們的了。木屋裏的人都聽見了嗎？」

史莫利船長站起身來，把煙灰敲到自己的左手心裏。

「就是這些了？」他問。

「是的，」西爾弗答道，「如果拒絕，那就等着

吃子彈吧！到時，就別説我不客氣了。」

「很好，」船長説，「現在你聽着，如果你們放下了武器，一個一個地前來，我可以保證把你們全都銬起來，帶回老家，在英格蘭受一次公正的審判。如果你們不願這樣辦，我就要看着你們全體去見海龍王。你們找不到寶藏，你們沒一個人有駕船的本事，你們沒有能力和我們作戰。這是我對你們的最後忠告。下次再見到你，我就要請你吃一顆子彈了。開步走吧，請你快點從這裏滾開！」

西爾弗被激怒了，眼珠從眼眶裏突了出來。

「拉我一把！」他叫道。

「我不。」船長回答道。

「誰肯來拉我一把？」他吼道。

他們當中沒有一個人動一動。西爾弗咆哮着發出最下流的詛咒，從沙地上一直爬到木屋的門廊前，撿起他的拐杖，重新站了起來。

「不用一小時，我就要把你們這座木屋鑿穿！聽着，不用一小時！」西爾弗惡狠狠地説。接着便艱難地穿過了沙地，在那個打着白旗的人的幫助下，經過

四五次失敗之後，爬過了欄柵。一會兒就在樹叢中消失了蹤影。

西爾弗的身影一消失，船長就轉身向屋裏喊道：「各就各位！」

大家都忙着給備用的火槍裝彈藥，每一個都面紅耳赤的。

船長靜靜地觀着了一會兒，然後説話了：

「伙伴們，剛才我來了個激將法，故意給西爾弗加了把火。不出一個小時，他們就要向我們發起強攻的了。我們在人數上居劣勢，但我們是在**工事**①裏作戰，只要大家聽指揮、守紀律，我們就一定能打敗他們。」

船長邊説，邊到各個戰位去巡查，直到一切都準備妥當為止。

「吉姆，」船長説，「你還沒吃早飯吧？自己動手，拿到崗位上去吃。只要沒完蛋，就要吃東西。」

「亨特，為大家斟一巡白蘭地。」船長精神抖擻

---

①**工事**：軍事名詞。指保障軍隊安全的建築物。以沙包堆積成屏障、挖坑道作掩蔽等，都可以稱為工事。

地站在木屋中間説。

「醫生，」他又下命令了，「你守着門，但不要暴露自己；亨特，你守在東邊；喬斯，你守在西邊；崔洛尼先生，你是最好的射手，你和拉雷守着北面那五個槍眼。這裏最危險，如果他們能來到這裏，從這些槍眼裏向我們開火，那就糟糕了。吉姆，來，我和你射擊的本領都不高，我們可以站在一旁裝彈藥。」

太陽爬出半樹高了，空氣漸漸地變熱。木屋裏的七個人，被悶熱的空氣和焦急的心情，弄得渾身發熱。

「他們來了！」喬斯突然叫道。

大家都睜大了眼睛，豎起了耳朵，拿槍的都端平了槍。

沉默了十幾秒鐘後，喬斯猛地舉起他的槍開火了。

海盜們羣起回擊，子彈雨點般地落在木屋周圍，有一些還射中了木屋，但都沒能射進屋裏。

突然，一聲吶喊，一小撮海盜從北面的樹叢中跳出，向木欄柵直衝過來。一顆子彈呼嘯着從門口射

入，擊碎了醫生的火槍。

鄉紳和拉雷向這伙人一次又一次地射擊，有兩個被擊倒了，其餘的人，一下子就竄進了樹叢。同一時間，南面的四個海盜卻乘亂突破了防線，直向木屋衝來，靠在那幾個無人把守的槍眼旁，向屋裏射擊。喬斯被打死了，亨特也倒在了他的槍眼旁。屋裏**硝煙**^①瀰漫。

一個海盜衝進屋裏，舉起腰刀撲向醫生。

船長他們的處境，完全倒轉過來了。從居高臨下而突然落到無掩蔽、無法還擊的境地。

「出去，弟兄們，到外面去同他們拚！用腰刀！」船長喊道。

一時間，吶喊聲、混戰聲、呻吟聲響成一片。

經過一番激戰，船長他們終於打退了第一次進攻的敵人。欄柵裏外共留下了五具海盜的屍體。

醫生、拉雷和吉姆迅速奔進了木屋。他們知道，敵人很快就要發起新一輪攻擊的。

---

①**硝煙**：槍、炮點燃過後冒出的白煙。

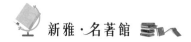

　　鄉紳扶着船長，船長受傷了，但他還是那麼樂觀。他一邊計算着敵我傷亡數字，一邊給大家打氣道：「我們用兩條命換了他們五條命，我們打得不錯，我們一定能打敗他們的！」

九、吉姆在海上的冒險

　　出乎船長他們意料的是，海盜們再也沒有向木寨發起攻擊了。這讓大家贏得了一段休息的時間。

　　醫生給船長清理了肩膀和小腿上的槍傷，上了藥。醫生説，船長受的不是致命傷，但在今後的幾個星期中，都不得走動了。

　　喬斯和亨特的屍體也被安置好了，大家坐下來，吃了一頓午飯。

　　飯後，鄉紳和醫生坐在船長身旁商量了一會兒。接着，醫生拿起了他的帽子和手槍，掛上一把腰刀，把地圖放到荷包裏，肩上還背了一支火槍，翻過北邊的欄柵，敏捷地穿過樹林走掉了。

　　拉雷和吉姆遠遠地坐在木屋的一頭，避免聽頭兒們的談話。

　　拉雷被醫生的行動驚呆了──「怎麽，醫生他瘋了？」

「沒瘋，」吉姆答道，「他一定是找本恩去了。」

以後的事實，證明吉姆是說對了的。

中午的太陽很猛烈。吉姆很羨慕醫生的行動，真想自己衝出去，幹一番英雄業績。吉姆越想越興奮，趁沒人注意，他把餅乾裝滿在上衣的兩個口袋裏，為逃跑作第一步的準備。

接着，他又找來兩支手槍和一牛角筒的子彈。他知道，船長他們是不會允許他單獨行動的。因此，吉姆決定「不告而別」。

趁拉雷和鄉紳幫助船長纏繃帶時，吉姆就閃出了門，越過欄柵，飛也似的跑進了叢林。

吉姆直奔島的東岸。吉姆穿過那些高大的樹林時，已經能聽見遠處碎浪打來的聲音了。這時，海風加強了，颳得林子裏的樹葉嗖嗖作響。

出了樹林，那一望無際的大海，就出現在吉姆眼前了。大海在太陽的照射下，閃耀着藍藍的光，海風捲起了一團團的白浪，向岸邊摔來。

吉姆十分開心地沿着浪花拍打的岸邊走去，直到想起自己的「任務」時，才鑽進灌木叢，小心地朝

沙洲爬去。本恩説過，在沙洲下方的那塊白色的岩石下，藏着他的一條小船。

爬着爬着，遠處忽然傳來了西爾弗的笑聲。他正和另一個海盜，坐在希拉號邊上的那隻小艇上。吉姆趴下身體，不敢動。還好，西爾弗的小艇很快就向岸上划去了。

這時，太陽已經落到望遠鏡山的背後，天色慢慢地暗下來了。吉姆趕到了那塊白色的岩石下。在一叢齊腰高的灌木後面，果然，藏着一隻本恩造的小船。這小船很結實，但確是太小了，吉姆很難想像，它是怎麼浮載起一個成人來的。船裏面有一個不能再低的划手座位，還有一支划船用的雙槳。

吉姆打定主意：趁着黑夜的掩護溜出去，砍斷希拉號的錨索，讓它隨風**擱淺**①。自從早上在木寨被打退之後，海盜們除了急於起錨出海外，不會有更多的念頭。吉姆想，如果能讓希拉號擱淺，就能阻止海盜出海。

---

①**擱淺**：船隻在淺灘上被陷於沙石中，不能走動。

吉姆坐了下來，一邊吃着餅乾，一邊等着天黑。

天全黑了，霧氣越來越大，當吉姆扛着那隻小船，跟跟蹌蹌地向海邊走去時，除了希拉號附近有兩個亮點外，島上什麼也看不見了。

這兩個亮點，一個是岸上沼澤旁的一大堆**篝火**[1]；另一個是遠處的一星微光。篝火旁，海盜們正七歪八倒地大吃大喝。

吉姆花了好大的力氣，才把小船推下了水。

小船很靈活，靈活得難以操作，吉姆一划，它就四面打轉。吉姆一停手，它就隨潮水而動。幸運的是，今晚的潮水是向着希拉號的下錨處沖的。很快，吉姆的小船就靠攏了希拉號的錨索，吉姆一手抓住了錨索。

錨索像根弓弦似的，繃得很緊，潮水在船體四周迴流，轉起一串串的泡沫。吉姆一手抓住錨索，一手

---

[1]**篝火**：在空曠地方或郊野外，架起木柴燃燒的火堆。

拿着航海摺刀，正準備割索時，他突然間想到：錨索
繃得這麼緊，一旦被割斷後，船就會變成一匹脫繮的
野馬，隨潮水而去，自己所在的這隻小船，就會被**湍
流**①摔碎了。想到這，吉姆收起了摺刀，準備放棄他
原先的計劃。

　　沒想到，海風忽然轉了向，把希拉號往岸邊吹，
錨索鬆開了。吉姆趕緊掏出大摺刀，用牙齒打開了
它，一股一股地在割着錨索。在割最後幾刀前，希拉
號上突然傳來兩個醉漢的打罵聲。吉姆本能地蹲下了
身體，盡量地不發出聲音。

　　打罵聲越來越大，船頭上還飛出來幾個大酒瓶。
船艙裏響起了一陣摔東西的聲音。

　　這期間，錨索又一次繃緊了。等了好一陣，才又
鬆了下來。吉姆立即用盡力氣，接連不斷地割，終於
把那最後的兩股繩索割斷了。

　　吉姆的小船雖然沒被捲走或撞碎，但也失去控制
了，總不能從那艘正在水裏打轉的希拉號旁邊撐開。

---

①**湍流**：水勢急速的水流。

無意中，吉姆的手碰到了懸在船外的一根細繩索，於是，立刻抓住了它。

這時，好奇心驅使着吉姆沿着繩索往上爬。

繩索很滑，吉姆費了很大的力氣，才爬到特艙的窗旁，他瞥見艙裏的兩個醉漢，正互相卡着對方的頸，死死地扭成一團。

「難怪他們沒發現我的行動！」吉姆邊想邊滑落回小船上。

吉姆的小船還是不能從大船身邊撐開。

忽然，湍流急轉直下，夾着希拉號和吉姆的小船，穿過避風港的出口，向着大海沖去。

大船上那兩個醉漢被眼前的災難驚醒了，在船上奔跑着，叫喊着。

吉姆則只好平躺在小船底，任憑風吹浪打，隨波逐流了。

小船在海浪中一上一下地顛簸着；飛濺的浪花不斷地打在吉姆身上；四周黑沉沉、冷冰冰的，吉姆一次又一次地等待着下一個海浪把自己捲走；自出門以來，他第一次想起了家，想起了媽媽。

就這樣，吉姆恍恍惚惚地，在海浪的顛簸中睡着了。

一覺醒來，天已大亮。吉姆慶幸自己竟沒被海浪捲走，同時也發現，自己和小船已經被漂到島的西南角了。

吉姆眼前是一排四五十呎高的峭壁，邊緣上布滿了大堆大堆崩落的岩石。海浪在崩落的岩石間飛濺、咆哮。吉姆明白：如果向前划去，定會在那峻峭的岩石上撞得粉身碎骨；即使僥倖到達，也爬不上那突兀的懸崖。無奈，吉姆只得繼續平躺在小船上漂流。

吉姆想起了地圖上標出的另一處海角——「叢林角」，它就在這附近。吉姆試着坐起身來划槳。沒想到，只要一坐起來，小船就失去平衡地左右搖擺，吉姆只好躺回到原來的位置上。「還有什麼靠岸的希望呢？」吉姆焦急地想。

已是正午時分了，太陽十分猛烈，那一次又一次地被曬乾了的衣服和皮膚上，結滿了鹽塊，吉姆口渴得腦袋發痛，恨不得插上雙翼，立刻飛上岸去喝一口淡水！

　　小船載着吉姆，繼續在海上漂着。忽然，吉姆眼前一亮——希拉號就在他面前不到半哩遠的地方。但它像是無人駕駛似的，任憑風浪撥弄。

　　吉姆顧不得再觀察，更顧不得危險了，一心只想到船頭那桶淡水。他奮力地划向希拉號。小船左搖右擺，終於靠近了希拉號。當希拉號隨着一個浪頭下傾時，吉姆的小船則正在一個大浪尖上，大船的斜桅正對着吉姆的頭頂，吉姆毫不猶豫地一躍而起，把小船往水裏一蹬，雙手抓住了船頭的三角帆桿。他的雙腳還沒踩着船舷，小船便「轟」的一聲被大船撞散了。吉姆只得留在希拉號上了，他沒有退路了。

十、希拉號上的惡鬥

　　吉姆沿着希拉號的帆桿向下爬，接着就滾落到甲板上了。

　　甲板上到處都是腳印，一個打破了頸子的空酒瓶，在排水口裏滾來滾去。兩個留守者都在後甲板上。戴紅帽子的那個仰天躺着，僵直得像根木頭，**齜牙咧嘴**①的面容任憑風浪顛簸而絲毫不動；另一個叫漢茲的則斜躺着。兩人周圍的甲板上，濺着大攤的血污。吉姆意識到：他們是在醉酒後互相毆殺的。

　　船隻又顛簸了一下，漢茲發出一聲低低的呻吟。同時，翻了一下身。那樣子相當衰弱。

　　吉姆走上前去。

　　「我上船來了，漢茲先生。」吉姆譏諷地説。

　　漢茲吃力地轉動着他的眼珠。也許是太衰弱了，

---

①**齜牙咧嘴**：由於痛苦扭曲面容，張口露齒。

以至連吃驚的表情也做不出來。

　　吉姆趕緊下到了特艙。特艙裏一片混亂：所有上了鎖的地方都被撬開了；滿地是從島上帶回來的泥，原先潔白的艙壁上，按滿了骯髒的手印；成堆的空酒瓶堆在一個角落裏，隨着船身的晃動而碰得叮噹作響；醫生的一本醫書在餐桌上打開着，書頁已被撕去大半，一定是海盜們抽煙點火用了；桌上那盞燈在冒着油煙，發出一種昏暗的光。

　　吉姆四處搜索，終於找到了一些餅乾和醃黃瓜，還有一小瓶白蘭地酒。

　　他帶着這些東西跑上了甲板，先到船頭水桶喝飽了水，再把那瓶白蘭地遞給那個漢茲。

　　「啊，真的，」漢茲説，「我正需要白蘭地！」

　　吉姆坐在一角，埋頭吃東西。

　　「傷重嗎？」吉姆問。

　　「要是那個醫生在船上，」他近乎嚎叫地説，「我一下子就沒事了！」

　　「那個紅帽子呢？」吉姆又問。

　　「早死了。」他答道。「你從哪裏來？」

「這，你別管，」吉姆驕傲地說，「反正我已經佔領了這艘船，漢茲先生，請你服從我的指揮。」

漢茲無奈地，卻又十分尖刻地盯着吉姆。

接着，吉姆向漢茲宣布，要扯下船上那面叛變後掛起的海盜旗，並且，真的扯下來了。

「吉姆，」漢茲說，「你是我的船長啦？」

「是的。」吉姆答。「西爾弗船長完蛋啦！」

「吉姆船長，」漢茲繼續說，「你是想靠岸吧？讓我們來談談？」

「那當然。」吉姆邊吃東西邊說。「我只想跟你講明一件事，我不是想返回原來下錨處，我打算進入北海灣，讓船平穩地駛上淺灘。」

「真是個好主意，」漢茲叫道，「我會幫你的忙，把船駕到那兒去。」

吉姆找到了自己的箱子，從裏面拿出母親給的一塊絲手帕，給漢茲紮好了那條流血的大腿。

漢茲吃了一點東西，再喝了兩口白蘭地後，精神明顯開始恢復了。他坐直了身體，說話也清楚了。在他的指點下，吉姆駕着船，向北海灣開去了。

　　希拉號乘風航行，完全可以在正午以前繞過島北端，直入北海灣，並趁漲潮駛上淺灘。這樣，退潮後吉姆他們就可以上岸了。

　　吉姆為自己那新計劃的順利實施，而感到無比的興奮。此時，彷彿天空也變得特別的晴朗，岸上不斷變化的風景也特別的有趣。

　　漢茲在一旁坐着，用一種嘲弄的目光，緊緊地盯着吉姆，臉上露出一種奸詐的微笑。

　　在漢茲的指點下，經過多次的試驗，吉姆終於把船停在了淺灘外面。這時，潮水還沒漲高。吉姆無事

可做，只得坐了下來，和漢茲一起，吃着第二頓飯。

「船長，」漢茲帶着奸詐的微笑説，「你幫我把那個『紅帽子』丟到海裏去，怎麼樣？其實，幹掉他也不是我的錯，但我不想擺他在這裏裝飾場面，你説是不是？」

「我的氣力不夠，我也不喜歡幹這種事，依我看，就讓他躺在那裏吧。」吉姆説。

漢茲見使不動吉姆，就轉到「天堂」、「地獄」、「靈魂」等等的無聊話題上來了。吉姆沒有理睬他。

「喂，吉姆船長，」漢茲又説話了，「請你到特艙去，給我弄一瓶、一瓶葡萄酒來。」

説這些話時，漢茲顯得很不自然。吉姆明白，漢茲是想從甲板上支開自己。吉姆決心「將計就計」，看看漢茲要搞什麼鬼。

「一瓶葡萄酒？」吉姆故意問，「你是要白的還是紅的？」

「啊，都一樣，都一樣，朋友！」漢茲支吾地答道。

「行，」吉姆爽快地說，「我去給你拿葡萄酒來，漢茲先生，不過我要去找。」

吉姆邊說邊奔下後甲板的艙口，他故意弄得很大聲，然後，悄悄地轉到船尾的眺望室。果然，吉姆的猜測被證實了——

漢茲正以很快的速度，爬到船邊一堆繩索旁，翻出了一把沾滿血污的**匕首**[1]，並隨即把它藏在了身上。接着，又爬回到剛才坐的那個地方，等吉姆拿酒回來。

吉姆知道，漢茲下一個要殺的，就是自己了。但他不會立即動手，因為他還要依靠吉姆把船開上淺灘；而吉姆也不會馬上拆穿漢茲的陰謀，因為他也需要漢茲的配合，才能把船開上淺灘。

吉姆找來了葡萄酒。漢茲一下子齊頸敲斷了酒瓶，大口大口地痛飲起來。然後，用一種不同尋常的口氣對吉姆說：

「三十年了，我在海上航行三十年了，什麼樣的

---

[1]**匕首**：短刀的一種，用在短距離的擊刺，所以都做得很尖銳。

事情都見過。啊，我從來沒見過好心有什麼好報。我就喜歡先下手為強；死人不會再咬人！

「啊，你看，潮水漲得夠高了，把船駛上去吧！」

於是，吉姆又駕駛着船，向淺灘開去。

北海灣的入口處很窄，灣內四面都被陸地包圍着；沙灘很平坦，岸上的樹木也很茂密。吉姆聽從漢茲的口令，在海灣內小心地駕駛着。

「船擱淺後怎樣才能叫它再下水呢？」吉姆問。

「那有什麼困難，」漢茲答道，「你在退潮時，把一根纜索拖到那一邊的岸上，在一棵大松樹上繞一轉，拉回來，再在**絞盤**^①上繞一轉，等潮水漲上來時，全體船員一齊拖纜繩，船就會乖乖地、自自然然地動起來了。嘿，孩子，準備好，向風調轉船頭！」

吉姆用力地把舵柄扳轉，希拉號便迅速地調了頭，逆着水流，駛向了長着矮樹叢的淺灘，停穩了。

吉姆被自己的成功陶醉了，暫時忘記了那個一步

---

①**絞盤**：船用的絞盤設在甲板上，用來收放纜索或錨鏈。

一步地向他逼近的危險。

　　就在這時，漢茲拔出了匕首，猛地向吉姆撲過來。

　　吉姆尖叫着向旁邊一閃，讓漢茲撲了個空。

　　漢茲沒有就此罷休，他爬起來，拖着那條傷腿，再次向吉姆撲來。吉姆在甲板上躲閃着、奔跑着，最後，爬上了桅頂橫桿。

　　漢茲也跟着往桅桿頂上爬。在漢茲爬上桅頂之前，吉姆拔出了手槍，並且裝好了子彈。

　　「你再上來一步，漢茲先生，」吉姆説，「我就把你的腦袋打開花！你説過，死人不再咬人！」

　　漢茲不理睬吉姆這一套，來了個「先下手為強」，他憋足氣，把右手向後舉過肩頭，然後，猛地將那把帶血污的匕首，對準吉姆擲去。

　　「嗖」一聲，吉姆的肩膀連着衣服，被漢茲那把「飛刀」釘在桅桿上了。

　　不知是因為疼痛，還是出於自衞的本能，吉姆猛的扣動了手槍的扳機。只見漢茲「啊！」的一聲，一個倒栽蔥，從桅桿上掉進水裏了。

　　漢茲在水面上浮了一下，接着又沉了下去，再也起不來了。

　　吉姆閉上眼睛，去拔左肩頭上的那把匕首。

　　匕首插得很牢，拔不動。不料，當吉姆身子一動時，衣服和肩頭居然脫開了那把匕首。原來，那把匕首只插住了吉姆肩頭的皮和衣服。

　　吉姆迅速地滑下了桅桿，盡可能地給自己包紮了一下傷口。他顧不得傷痛，硬是把那個「紅帽子」的屍體拖到船邊，扔進了水裏。

　　吉姆站在甲板上，環顧四周，一種勝利者的喜悦，溢滿了心頭。「在海上的這次冒險，總算沒有白費——清除了船上的海盜，收回了希拉號，醫生和史莫利船長他們，一定會寬恕自己吧。」吉姆在心裏想。

十一、又是一張黑傳票

　　潮水正在下退；太陽也西沉了，傍晚的微風，吹得帆篷左右搖擺，船上的繩索也被吹得發出了一陣陣低微的鳴響。時候不早了，吉姆意識到，不能在船上耽誤時間了，要趕快去找史莫利船長他們。

　　吉姆試了一下水深，便輕輕地墜到船外。這時，海水僅僅浸到了他的腰，灘底很結實，上面布滿浪痕。吉姆神氣十足地涉水上岸，他要向利弗西醫生和史莫利船長他們匯報自己的這次海上歷險，向大家報告自己的「戰績」。

　　上岸後，吉姆一個勁地朝木屋的方向走去。他努力地回憶着那張地圖，不一會兒，就走到了跟本恩相遇的那座雙峯山前了。這時，天真的黑下來了。吉姆在黑暗中繼續朝木屋方向前進。

　　忽然，他發現遠處有一團火光，是誰這麼不小心地暴露自己？這火光被駐紮在沼澤地旁的西爾弗一伙

發現了怎麼辦？

　　夜色越來越濃了，月光給小島披上一件朦朧的輕紗。借助着月光，吉姆急不擇路地朝木屋奔去。也不知跌了多少跤，兜了多少路，吉姆終於來到了欄柵邊。他看見，木屋的一頭，有一堆巨大的、快要燒完的篝火，正在發出一種穩定的紅光，與柔美的月光形成了強烈的對照；木屋前的空地上沒有一個人影；周圍也只有微風吹拂的聲音。

　　吉姆停下了腳步，他覺得眼前的木屋有點怪——船長是從來不讓點大火堆的，怎麼今天就點那麼大的一個火堆？

　　吉姆偷偷地繞過了木寨的東面，把自己完全隱藏在陰影裏，從一個最黑暗又最方便的地方，爬進了欄柵。

　　為安全起見，吉姆全身趴在地上，一聲不響地爬向屋角。

　　屋裏不斷傳出大聲的鼻鼾，簡直像音樂似的好聽。吉姆的心一下子放鬆了——原來，朋友們正呼呼大睡。看來，他們是太累了。吉姆也累了，他摸索着

走進屋裏，睡到了自己的位置上。他設想着，如何在天亮時，給船長他們一個意外的驚喜。

吉姆一伸腳便碰到了另一個睡着了的人的大腿。那人翻了一個身，只咕噥了一下，便又睡過去了。

突然，黑暗中爆發出一個尖厲的聲音——

「八塊錢！八塊錢！八塊錢！八塊錢！」這聲音一直不停地、一成不變地叫着，好像是從什麼機器裏發出來似的。

「是西爾弗的綠鸚鵡，」吉姆心裏猛地意識到。「牠正用這種令人厭倦的口頭禪，向主人通報：『有人來了』，糟糕！我該怎麼辦？」不容吉姆想下去，西爾弗已經跳起來了，他吼道：「是誰？」

吉姆起身就跑，冷不提防撞在一個人身上，被一把抓住了。

「拿個火把來！」西爾弗又吼道。

在火把的紅光中，吉姆看見，屋裏全是海盜，連西爾弗在內，一共是六個；而船長他們卻不知到哪裏去了。「難道都被海盜們殺死了嗎？」吉姆痛苦地想。

這時，西爾弗說話了——

「啊哈，是吉姆，見鬼！是偶然拜訪？也好，來吧，我歡迎。」

「你到這裏來，」西爾弗接着說，「真是叫我又驚又喜啊！我一直是喜歡你的。你跟我年輕時簡直一個模樣！我一直想要你加入到我們這邊來，並且把寶藏分你一份，真的。史莫利船長和利弗西醫生他們，一定會罵你忘恩負義的。現在，事情已經明擺着——

你再也不能回到自己的一伙人那裏去了，他們肯定不會要你的，你只有加入我們這邊來！」

聽到這裏，吉姆心裏暗暗慶幸：「我的朋友們還活着！」

「我對你落入我的手裏不想説什麼，」西爾弗繼續説，「只是想告訴你，一切都好商量，你儘可以説出自己的想法，到底願不願意跟我們走。」

「好吧，」吉姆壯着膽子説，「我只是想知道，你們為什麼到這裏來，我的朋友們又到哪裏去了。」

「想知道是怎麼一回事，」一個海盜用一種沉重的聲音重覆道，「讓他知道了，就便宜他了！」

「沒有要你説話，你最好還是住口！」西爾弗粗聲地向説話的那個海盜吼道。接着，就改用一種慈祥的腔調對吉姆説：「昨天清晨，利弗西醫生舉着一面休戰旗下來了，他説，『西爾弗船長，你被人出賣了，帆船跑得沒影蹤啦。』這時，我才發現，老帆船真的不見了！我們一個個都目瞪口呆。醫生繼續説，『讓我們談談交易吧。』於是，我們談妥了條件，我們就得到了這木屋、食物還有白蘭地；他們就開走了

船，現在究竟在哪裏，我就不知道了。」

「還想知道點什麼？」西爾弗故意地問。

吉姆激動地說了：「自從我碰上你們，見到的死人也太多了，也不知道什麼時候刀子會捅到自己身上。但有兩件事我要告訴你們——第一，你們現在的情況很不妙，帆船沒有了，寶藏沒有了，人也沒有了，你們整個的買賣都毀了，而所有這些事，都是我幹的。我在蘋果桶裏，聽了你們的談話，我把它報告船長了；我還割斷了帆船的錨索，殺掉了你們留在船上的人。」

「第二件要告訴你們的是，殺掉我還是放走我，隨你們的便。如果你們放走我，那過去的事就讓它過去了，當你們在法庭上因海盜勾當而受審時，我可以盡力援救你們，幫忙把你們從絞刑架下救出來；而一旦殺掉我，你們是不會得到什麼好處的，你們選擇吧！」

「西爾弗先生，我想你是這裏最好的人，如果我被殺掉了，請把我最後的情況告訴利弗西醫生！」吉姆越說越激動。

「我把它記在心裏了，」西爾弗用一種奇特的語氣說。誰也分不清，他是在嘲笑吉姆，還是在讚賞吉姆。

「就是這個小鬼認出了黑狗！」

「比爾的地圖也一定是他偷的！」

「我們倒霉就倒在這個吉姆身上！」

「殺掉他！」

屋裏的海盜們亂吼着。其中一個手持匕首，正兇相畢露地朝吉姆撲來。

「住手！」西爾弗厲聲喊道。「你們是不是想同我老西爾弗較量較量？誰敢？」

沒有一個人動一動，也沒有一個人答一聲。屋裏好一陣沉寂。

「告訴你們，」西爾弗接着說，「我喜歡這個孩子，我從來沒見過比這更好的孩子，他比這個屋子裏你們中的任何一個都像男子漢，誰敢動他一根毫毛，我就要看看他的五臟六腑是個什麼顏色！」

> **知識泉**
>
> 五臟六腑：五臟指心、肝、脾、肺、腎。六腑是指膽、胃、小腸、大腸、三焦、膀胱。

屋裏又是一陣沉寂。吉姆筆直地靠牆站着，他的心就像個大鐵鎚般地敲着，誰站在他的身邊，幾乎都能聽得出。

海盜們逐漸地向屋的另一頭退去；西爾弗用眼暗暗地盯着他們。

海盜們低聲議論了一會兒，忽然其中一個站起來說：「請原諒，我們要到外面去開個會。」接着，便一個一個地溜出了木屋。

西爾弗敲了一下煙斗，低聲對吉姆説：「你現在離死只差半步了，而且死前還要受他們的**拷問**①。但不論怎麼樣，我都和你站在一起。原來，我並沒有這個打算，是你剛才的那番話提醒了我。老實説，我真的要輸光了，而且還會被吊死，這是海盜的規矩。現在只有同你站在一起，才有活路。我們要共進退了！」

吉姆開始明白西爾弗的用意了。

「只要我能辦到的，我就一定去辦。」吉姆説。

---

①**拷問**：以刑具令涉嫌犯罪的人肉體痛苦，逼迫其認罪。

　　「就這樣説定了！」西爾弗叫道，「你真爽快，真有種！我有希望了！」

　　「你要了解我，」西爾弗接着説，「我如今是站到鄉紳一邊來了，我知道你已經把那條船弄到了一個安全的地方，你喝點白蘭地嗎？」

　　吉姆謝絕了，西爾弗接着説；「為什麼那個醫生要把地圖給我呢？」

　　吉姆被他的話嚇呆了──「什麼？」吉姆問。

　　「啊，你不知道，不清楚，醫生確實把地圖給我了，但裏面一定有文章，一定。」西爾弗説。

　　正説着，一個海盜跑進屋來，要求借用一下火把。西爾弗二話沒説就答應了。海盜拿走火把後，室裏一片黑暗。

　　忽然，門開了，到外面開會的五個海盜，在進門的地方擠成一團，誰也不願再向前走。

　　「來呀，」西爾弗大聲説，「我不會吃掉你們。」

　　一個海盜快步走向西爾弗，遞給他一樣什麼東西，然後迅速返回到門口那邊。

「黑傳票！我料定是這個。」西爾弗用品評的口氣說道。「你們從哪裏弄來了紙？哎呀，你們撕《聖經》！真不吉利！」

「你還是照規矩，翻過去，唸唸上面的東西吧。」一個海盜說。

「還是把你們的不滿說出來吧，你們說過了，我就答辯。在這些事辦完之前，我是不會去看你們的什麼黑傳票的。」西爾弗堅定地說。

於是那五個海盜就質問起西爾弗來了，並痛罵他沒有找到財寶、放走了敵人、收留下吉姆等等。

西爾弗不慌不忙地答辯着。最後，他扔出了那張藏寶圖。五個海盜蜂湧而上——

「不錯，是福林的藏寶圖！」

「是福林的記號！」

「西爾弗先生，你怎麼不早拿出來？」

「夠了！」西爾弗高聲地說，「你們丟了船，我卻找到了寶藏。在這件事上，誰更高明？現在我提出辭職，我不當這個船長了，誰願意當誰就去當，我已經受夠了！怎麼，這張黑傳票還要不要？」

「別提了，西爾弗船長！」一個海盜叫道。

一場惡鬥暫時避免了，吉姆又睡在了海盜堆旁。

清晨，木屋裏的人都被一個聲音驚醒了——

「喂，木屋那邊，醫生來了。」

「那是利弗西醫生的聲音！」吉姆很肯定地想，並急步衝到槍眼前，向外張望。

利弗西醫生正站在沒膝的霧靄中。

「是你，醫生！早上好！」西爾弗向醫生喊道。「還有一件叫你吃驚的事，先生。我們這兒來了個小客人。」

醫生快步上前，口裏喃喃地說：「難道是吉姆？」

「正是吉姆。」西爾弗答道。

霧靄：地面附近的水蒸氣遇冷，附在小塵粒上凝結成小水滴，形成一片迷濛狀態，稱霧。靄亦是指懸浮於大氣中的一種水汽現象。

十二、「財寶」的下落

　　醫生進屋了，他嚴厲地對吉姆點了一下頭。然後，就逐個地給那些隨時都可能殺害他的海盜們治傷、換藥。

　　最後，醫生提出要跟吉姆説幾句話。

　　西爾弗要吉姆保證不逃走，才讓他隔着欄柵的圓木柱跟利弗西醫生説話。

　　「你看，你離開了大伙兒，今天竟落入海盜手裏了，」醫生難過地説。「你是自作自受。」

　　「我後悔死了，」吉姆説，「要是西爾弗不幫我的忙，我已經死了。但他們可能要拷問我。」

　　「我不能讓他們這樣做，快跳出來，我們一塊逃走！」醫生急切地説。

　　「不行，」吉姆悲哀地説，「我向西爾弗發過誓，不逃走的。我不怕死，只是怕在拷問中會把帆船的去向泄露出來。」

「帆船！」醫生驚叫道。

於是，吉姆連忙把自己如何弄到帆船，以及帆船的停泊地點告訴了醫生。

「這裏面有一種**天數**①，」醫生評論道。「每一步，都是你救了我們的性命，吉姆。我們是不會讓你在這兒丟掉性命的。」

「西爾弗！」醫生向西爾弗喊道。

西爾弗向醫生走來。

「你不要太匆忙去尋找那些寶藏。」醫生叮囑似地說。

「當然，先生。」西爾弗答道。「但現在是很難再拖下去了。現在，我是靠尋找那份寶藏來救我自己以及這個孩子的命的，你應明白這點。」

「好吧，」醫生說，「但當你找到它時，應謹防危險。你一定要把這孩子緊緊地帶在身邊。當你需要援助時，你就呼喊，我會叫人去給你幫忙的。」

「我相信，我照辦。」西爾弗邊點頭邊說着。

---

①**天數**：指天意。

利弗西醫生隔着欄柵跟吉姆握了握手，向西爾弗點了點頭，然後轉身，快步走進樹林中去了。

吃過早飯後，吉姆便跟着那些全副武裝的海盜們去尋寶了。

在前進中，大家圍繞那個藏寶地點的具體位置爭論不休。而那張藏寶圖上的記號也太粗略了；圖背後那段文字也相當含糊：

高樹，望遠鏡山的圓峯。東北北偏北。

骸骨島東南東偏東。

十呎。……

看來，這個藏寶地點的一個突出標誌是一棵高樹。但島上的高樹不少，福林船長指的究竟是哪一棵呢？這就要根據羅盤的讀數，到現場去確定了。

　　在西爾弗的引導下，大家爬過了幾座山丘，最後快要爬到一個高原上面時，一個走在前面的人忽然恐怖地大叫起來。大家都跑上去看。原來在一株松樹下面，有一副死人的骸骨躺在那裏，旁邊還有衣服的碎片，身上還被一條青藤纏繞着，使人看了心驚膽戰。

　　一個海盜說：「他是個水手，那些布是水手的服裝。」

　　西爾弗說：「當然是水手，但他的姿勢是不自然的。」

　　再看那骸骨時，他的兩足指着同一方向，雙手像

跳入水似的舉向頭頂，正指着相反的方向。

西爾弗説：「我有一個主意。我有羅盤針。那邊是骸骨島的頂峯，就依這骸骨的方向對準那頂峯測測方位看。」

方位測過了，正好是東南東偏東。問題解決了一半，但是大家想到了福林殺死了自己的同伴，又利用他的骸骨來指示位置，真叫人心裏發毛。

跟着，西爾弗又取出羅盤作了一番測量，説：

「這裏有三棵『高樹』，都是對着島上的這條直線的。」西爾弗説，「『望遠鏡山的圓峯』，我估計指的就是那個稍低的地點。現在要找到那筆財寶，真是太容易不過了。來，我們先吃午餐。」

其他幾個海盜都沒有響應，他們還在議論着路上遇到的那具屍骨，擔心着老福林會顯靈。

忽然，前方樹林中，有一個高亢而顫抖的聲音，唱出了那首人所共知的海盜歌：

十五個人扒上了死人的箱子，

喲——嗬——嗬，再來他朗姆酒一大瓶！

海盜們聽到這歌聲後，就像中了妖術般，立即變得面無血色，驚慌失措，有兩個還當場趴倒在地上。

「這是老——福林！」一個海盜叫道。

「不，那是一個活人的聲音。」西爾弗盡量鎮定地說。

突然，歌聲停止了，唱歌的人在喊叫：

「達貝！達貝！達貝！」

這喊聲在山谷間一次又一次地回響着。

「到船尾拿朗姆酒來，達貝！」那個可怕的喊叫聲又響了！

海盜們像是被這一連串的喊叫聲「釘」住在地上似的，一動不動。他們的眼珠幾乎都瞪出了眼眶。在那聲音消失以後，他們仍久久地、充滿恐懼地注視着前方。

「這是肯定的！」一個海盜喘着氣說，「我們走吧！」

「這是他臨終時說的話，」另一個海盜接着說，

「他在船上臨死時説的。」

西爾弗仍然沒被嚇倒。

「這個島上，除了我們幾個人外，再沒有別人聽説過達貝了。」西爾弗説，「前面就有七十萬鎊的財寶，不論是人是鬼都不能攔着我們去把它挖出來！福林活着時，我就沒怕過他，他死了我也敢面對他！」

其他五個海盜不但沒被西爾弗的話鼓舞起來，相反，他們越聽就越害怕。但最終還是被那「七十萬鎊」吸引住了。於是，他們又重新出發了。

在一片矮樹叢中，他們終於找到了那棵與眾不同的「高樹」。它的樹幹五六個人也圍抱不過，濃濃的樹蔭下足可以擺開四五間酒吧。

望着這棵碩大無朋的「高樹」，海盜們的眼睛裏頓時燃燒起貪婪的火燄。對於金錢的渴望，壓倒了剛才的恐懼，他們爭着走向前。

在整個行進過程裏，西爾弗都是拉着那條捆在吉姆身上的繩索走的。被繩捆着身體的吉姆，走起路來很不靈便，總是拖在隊伍的最後面。這時，西爾弗一心要快點見到財寶，他顧不得再假裝慈祥了，惡狠狠

地瞪了一眼吉姆，還把繩子猛地向前扯了一下，吉姆差點兒被扯倒在地。

是的，即將到手的這筆財寶，使西爾弗忘記一切了，他早把自己的許諾和醫生的警告，拋到腦後了。

「不好了！」衝在最前頭的一個海盜驚叫起來，「財寶被挖走了！」

「什麼？」跟上去的幾個海盜齊聲吼道。

眾人來到一個大坑邊，都被眼前這無情的事實驚呆了。這個大坑不是新近挖的，它的邊緣已經坍落，坑底已長出短短的青草來了；坑內還散落着兩截鐵鏟柄，和一些貨箱板。其中，一塊貨箱板上還烙着福林帆船的名字──「瓦魯斯」。

一切都清楚了，財寶已被發現和挖走，七十萬鎊已經不翼而飛了！

海盜們從希望的頂峯，一下子跌落到失望的坑底。他們絕望地叫罵着。而西爾弗卻很快恢復了自制力。他解開了吉姆身上的繩索，還遞給吉姆一支手槍。

「把這個拿上，預防萬一！」西爾弗湊近吉姆低聲說。

西爾弗又倒到吉姆這邊來了。吉姆對西爾弗的反覆多變很反感，但眼前的形勢逼使吉姆不得不接受這個狡猾的西爾弗。

其餘的五個海盜都跳進大坑裏，用手刨挖起來了。他們找到了一些零零碎碎的小金幣。

西爾弗和吉姆離開大坑站在了一邊。

「伙計們！」一個海盜突然大吼道，「那七十萬鎊一定是他們弄走了！不要放過他們！」

話音剛落，五個海盜已經爬出了大坑，向西爾弗和吉姆撲來了。

這時，灌木叢中突然飛出三顆火槍子彈——「砰！砰！砰！」一個海盜中彈後「哎呀」一聲便滾落了大坑；另一個則當場倒地身亡；其餘三個沒命地逃跑了。

西爾弗毫不猶豫地朝坑裏那個正在掙扎的海盜補了兩槍，結束了他的性命。

這時，醫生、拉雷和本恩正帶着冒煙的火槍，從灌木叢中衝出來，西爾弗和吉姆快步跟上前。

「前進！」醫生喊道，「趕快，弟兄們，我們必

須截斷他們到小艇去的路。」

　　大家急急地趕着路，獨腿的西爾弗居然沒有落後，連醫生也佩服他。

　　正當大家爬上一個坡頂時，西爾弗突然高聲喊道：「醫生，不用趕了！你們看——！」

　　原來，那三個倖存者正朝島中心跑去，他們沒有去搶小艇。

　　「我們可以歇一下了。」醫生說。

　　「啊——本恩！」西爾弗驚叫道。

　　「是我，西爾弗！我是本恩。」

　　「啊，那些事都是你幹的？」西爾弗猜測地說。

　　西爾弗沒猜錯，兩個月前，正是這個當年因找不到福林的寶藏，而被放逐在島上的本恩，找到了福林的寶藏，並且挖了出來，藏到了自己的山洞裏去了。

　　醫生從本恩那裏探出秘密後，就把那張沒用的地圖給了西爾弗，還放棄了木屋、放棄了食物。這樣做是為了換取一個機會，使船長一行能安全地轉移到本恩的那個山洞去。

　　當醫生發現吉姆落入海盜手裏後，便火速趕回山

洞，報告了情況。鄉紳留在洞裏保護船長；醫生則帶着拉雷和本恩向「高樹」趕去。

本恩利用海盜的迷信心理，高聲地唱歌、喊叫，拖住了海盜的行動，贏得了時間，使大家能夠在海盜們到達「高樹」前埋伏好，作好了戰鬥準備。

在向海灘走去的路上，醫生平靜地給吉姆講述了這一切。

兩隻小艇泊在海灘邊，醫生舉起鶴嘴鋤，鑿沉了其中的一隻。接着便指揮大家登上了另一隻小艇，向北海灣駛去了。

當小艇經過雙峯山時，吉姆一眼就看到了本恩那個山洞的洞口，鄉紳正倚着一支火槍站在那裏。小艇上的人揮舞着雙手向鄉紳歡呼，西爾弗的聲音也和所有的人一樣的熱烈。

拐過雙峯山就進入北海灣了。

希拉號還停在老地方，幸好吉姆離船後的這段時間裏，沒有颳過大風，也沒有遇過強潮流。不然，吉姆就再也找不到它了。

按醫生的指揮，拉雷留在希拉號上值夜班，其餘

的人則返回到雙峯山下的山洞那裏去。

　　西爾弗被鄉紳擋在了洞口外，乖乖地聽着鄉紳的訓話。其餘的人分別走進了山洞。

　　這是一個岩洞，洞內高大而寬敞，一股泉水緩緩地在洞的一邊流着，流進一個小池裏；水池四周懸生着各種各樣的羊齒植物；洞的地面很平，全是砂子鋪的。史莫利船長躺在一個火堆旁。藉着火堆的光亮，吉姆看見洞底有一堆金幣和鑄成方形的金條──福林的寶藏。

　　面對這堆金光燦爛的東西，吉姆怎麼也高興不起來。他想起了死在小旅店的那個比爾；想起了在蘋果桶邊聽到的「秘密」；想起了島上的一連串的罪惡；想起了希拉號上的生死搏鬥！為了金錢，人們可以不擇手段！為了金錢人們可

以不顧一切！為了金錢——吉姆不願意再想下去了。

「過來，吉姆。」船長説，「你是個好孩子，但我不會再同你一道出海了。」

這時，西爾弗也走進來了。

「啊，西爾弗，」船長接着説，「是什麼風把你給吹來的？」

「回來盡我的職責，先生。」西爾弗答道。

「啊——」船長沒有再説下去了。

這天夜裏，大家圍坐在岩洞的火堆旁，吃了一頓本恩做的醃羊肉。西爾弗還像航行開始時那樣的殷勤、有禮地為大家服務。

第二天清晨，醫生指揮着大家，把洞裏的那堆金幣金條，一批又一批地搬上小艇，運到希拉號上。

人手實在太少了，以至工作進展得很慢。在經過三天緊張的搬運之後，「福林的寶藏」終於全部搬上希拉號了。

島上殘餘的那三個海盜沒有來侵襲他們。

離島前，大家開了一個會，決定把那三個海盜丟在島上，並且給他們留下充足的彈藥、大部分的醃羊

肉、少量的藥品，和其他一些必需品。醫生還特別留下了一份優厚的贈品——煙草。

為了防止遇險，大家在船上裝了充足的淡水，帶上了剩餘的食物。

在一個晴朗的早晨，希拉號終於起錨了。

當船經過島南面的時候，那三個殘餘的海盜，正跪在一個沙洲上向船上的人伸出雙手哀求。那樣子十分的可憐。但船上的人，沒有誰願意再冒一次叛變的風險了。醫生大聲地向那三個跪着的海盜打招呼，告訴他們儲備放在什麼地方。

他們繼續呼叫着、哀求着。眼看希拉號就要在視野中消失了，他們其中一個突然舉起了槍，子彈從西爾弗的頭頂飛過，打穿了主帆。

金銀島終於消失在蔚藍色的大海中了。

船長躺在船尾的一張墊子上，發號施令。

一天黎明前，西爾弗趁沒人注意，鑿穿了一間隔艙，拿走了一袋錢幣，然後在本恩的默許下，乘一條小船逃跑了。

天亮之後，本恩向船長報告了這一切，説他這樣

做，是為了保護船上其他人的生命。

　　船長沒有責備本恩。大家也暗暗慶幸：最終擺脫這個殺人不眨眼的「獨腳水手」了。

　　希拉號回航了。靠岸前，各人都分得了一份豐足的財寶。按照各人的天性，有的花得明智，有的花得愚蠢。

　　史莫利船長如今已從海上生活中隱退了；拉雷沒有把錢財儲存起來，而是用來跟人合股經營一艘裝備齊全的商船了；本恩則糊里糊塗地在十幾天時間裏就花光或是丟光了一千鎊，但最後還是找到了一個**門房**①的差事，在星期天，他還是教堂裏的一個出名的歌手哩！

　　利弗西醫生和鄉紳崔洛尼，則跟從前一樣地生活着。

　　吉姆把錢交給了媽媽。媽媽送他到城裏的一所學校去讀書了。

---

①**門房**：看門人。

1. 比爾「船長」帶着一個大木箱，住進了吉姆一家經營的小旅店。

2. 比爾中風死了，吉姆和媽媽在比爾的大木箱裏找到一卷用油布捆着的東西。

3. 吉姆、利弗西醫生和鄉紳崔洛尼先生發現那個油布包裹有大海盜福林的寶藏地圖，決定秘密出發去找寶藏。

開端

1. 吉姆在船上無意中聽到獨腿的廚師西爾弗和一羣船員的對話，發現他們都是海盜，還企圖找到寶藏後發動叛變。吉姆把此事告訴史莫利船長、醫生和鄉紳。

2. 船長讓水手們坐小艇到一個小島上休息，並趁機與醫生等人把物資搬到小島的木寨裏，與海盜對抗。

3. 吉姆在小島上偶然遇到三年前被海盜放逐到這裏的本恩。

4. 醫生、船長等人到達木寨，與海盜開戰，幾經辛苦才擊退海盜。

發展

故事脈絡梳理

金銀島

轉折點	1. 醫生帶了地圖和武器，出去找本恩。吉姆也偷偷地離開木寨。
	2. 吉姆乘小船前去砍斷了希拉號的錨索，把希拉號開到北海灣的淺灘外面，還清理了船上的海盜。

高潮	1. 吉姆回到木寨，卻發現屋裏全是海盜。
	2. 西爾弗不讓其他海盜傷害吉姆，還拿出地圖，表示會和他們一起去找寶藏。
	3. 吉姆、西爾弗和海盜們到達藏寶地點後才發現寶藏不見了。
	4. 醫生和本恩等人開槍擊斃和嚇走海盜，只有西爾弗留了下來。他們乘船到達本恩的山洞，與鄉紳、船長等人會合。

結局	1. 眾人把山洞裏的金幣、金條搬到希拉號上，離開了金銀島。
	2. 西爾弗偷了一袋錢幣，乘小船逃走了。餘下的人都分到了一份財寶，並有不同的結局。

1. 活潑機智的少年，勇於冒險，能有勇氣跟隨鄉紳、醫生等人去尋寶，面對海盜時毫不畏懼，後來更在大船上冒着生命危險獨自與海盜鬥智鬥勇。

2. 衝動、有拼勁，他知道醫生在與海盜槍戰後獨自出去尋找本恩，覺得很羨慕，竟也偷偷地衝出木寨，想幹一番英雄事業。

3. 説到做到，講信用。他重回木寨被海盜捉住時，西爾弗要他保證不逃走才可跟利弗西醫生説話，吉姆答應後，拒絕跟醫生逃走。

吉姆

人物形象分析

金銀島

1. 專業的醫生，同時是地方法官。

2. 正直、勇敢、有計謀。旅店的人都害怕比爾「船長」，但他不怕，更冷靜、嚴肅地警告比爾。後來在木寨被海盜圍困時，他獨自出去尋找活命的方法。

3. 善良，有仁心，對病人一視同仁，即使是隨時會殺害自己的海盜，也會幫他治療、換藥。

利弗西醫生

西爾弗	1. 長得高大強壯，左腳被截斷，只剩右腳，但能用拐杖靈活走動。 2. 曾任海盜福林的舵手，對船上的事很熟悉。 3. 善於偽裝，勢利，詭計多端，面對不同的人有不同的面孔。 4. 兇狠殘忍，野心大，為了達到目的，可以殺人不眨眼。 5. 怕死，害怕受到法律的懲罰。他聽了吉姆的話，想起海盜要上法庭接受審判、被判絞刑，他馬上改變立場，阻止其他海盜傷害吉姆。後來他和醫生、鄉紳等人帶着大批寶藏離開金銀島時，偷了一袋錢幣就逃跑了。
鄉紳崔洛尼先生	1. 高個子，濃眉，粗獷的面孔。脾性急躁，易激動。 2. 有經驗的旅行家，一眼看出油布包裹的是海盜的賬簿和藏寶圖，興奮地説要去尋寶。 3. 不能守秘密，答應了出發尋寶前不泄露秘密，卻在買船、招船員時講出去了。 4. 槍法出眾，在危急關頭顯得冷靜、可靠。

少年吉姆偶然得到海盜的藏寶地圖，展開了一次尋寶冒險旅程。經歷過多個生死難關，吉姆發現寶藏原來是一堆金幣和金條。原來人們就是為了這些金錢財富不擇手段，拼個你死我活。海盜殘暴、奸詐、自私的嘴臉，盡顯人性的醜惡。

主題思想

海盜為了得到寶藏壞事做盡，甚至互相殘殺。相比之下，利弗西醫生、鄉紳崔洛尼先生等人也是為了尋寶才去金銀島的，他們身上卻體現出正直、善良、機智、互相幫助等特點。這個故事告訴我們，無論在什麼情況下，我們都要保持美好的品德。而且，在金錢面前，我們要成為能控制金錢的主人，而不是被金錢控制的奴隸。另一方面，用什麼方法得到財富、應該怎樣運用財富，以至什麼東西對我們最重要等問題，都值得我們反思。

感想感悟①

主題思想及感悟

金銀島

感想感悟②

吉姆憑着勇氣、智慧和好奇心，完成了這次驚險的尋寶旅程。這個故事告訴我們，即使未來充滿危險和不確定因素，我們都要堅定地向前邁進，勇敢地探索未知的世界。

感想感悟③

西爾弗原本就是海盜，做了很多壞事，卻在聽了吉姆的話後才想起海盜會被判絞刑，顯得很可笑。這告訴我們做事之前要想清楚後果，而且要為自己做過的事負上責任。

感想感悟④

鄉紳崔洛尼先生與吉姆和利弗西醫生約好，出發尋寶前不要泄露秘密，自己卻在守不住秘密，引來西爾弗和一羣海盜，讓自己和同伴身陷險境，可説是禍從口出。這告訴我們，有些話不能隨便説，也不能隨意告訴別人，答應了要守秘密就要做得到。

1. 吉姆他們在尋寶的旅程中遇到許多困難，你覺得哪一件事最驚險？

2. 你最欣賞哪個角色？為什麼？

3. 你認為吉姆他們能找到寶藏，誰是最關鍵的人物？為什麼？

4. 除了實際的金銀財寶外，你認為人生中還有其他寶貴的東西嗎？是什麼呢？

5. 你有經歷過驚險刺激的事情嗎？試説説看。

6. 假如你是吉姆，你會如何運用獲得的財寶？

香港的著名海盜──張保仔

香港是沿海城市，早年曾經也有海盜出沒，而當中最著名的便是張保仔（1786-1822）。

張保仔的生平

張保仔是清朝時活躍於南中國海一帶的海盜。他本來是廣東新會的一個漁民之子，15歲時跟隨父親出海捕魚，被海盜擄走，成為海盜一員，後來更成了海盜首領。據説全盛時期他的船隊有600艘船隻以及數萬手下，是南中國海一帶規模勢力最大的海盜之一。傳聞由於他出身貧窮，所以不劫掠平民，主要搶掠官船或外國貨船，被平民視為俠盜。後來，清政府勸誘張保仔投降，張保仔被任命為海軍軍官，協助清政府消滅其他海盜。

張保仔的香港足跡

香港有多個與張保仔有關的景點，例如長洲、春坎角、塔門都有着傳説張保仔藏金的洞穴，長洲的張保仔洞更是許多遊客會去參觀的景點；太平山山腰有一條「張保仔古道」，是一條樹叢茂密的隱蔽山徑。

根據文獻記載，1809年在大嶼山的海面，張保仔船隊曾與清政府和葡萄牙的艦隊展開了為期九天的激烈海戰，這次戰爭後，張保仔的勢力大大減弱，不久便向清政府投降。

羅伯特・路易斯・史蒂文生
(Robert Louis Stevenson) (1850 - 1894)

　　英國詩人及小説家。1850年出生於蘇格蘭的愛丁堡，自小體弱多病，成長後原準備繼父親的後塵當工程師，也因為健康問題，改讀法律。而事實上，他的興趣在於文學。1878年至1879年，他先後發表了兩本以旅行為題材的作品，從此便創作不輟。

　　1879年他遠赴美國，與較他年長十年的范妮・奧斯本結婚。這時史蒂文生的肺病日趨嚴重，逼使他帶着妻子與義子勞埃德定居於美國加州，那裏溫和的氣候無疑對他的健康較有幫助。

　　1880年他們重返蘇格蘭，史蒂文生為勞埃德構思《金銀島》這個故事，並於1883年出版。故事一經發表，馬上被譽為「兒童冒險故事的最佳作品」，史蒂文生亦成為著名的作家了。由於健康日壞，他和家人只好遷居太平洋的薩摩亞島，直至1894年突然病逝為止。

　　史蒂文生一生著作十分豐富，有詩篇，也有小説，而以小説聞名於世，《金銀島》、《被拐》、《孩子詩的樂園》、《新天方夜譚》是最受讀者歡迎的作品。

名著讀書筆記

書名: _____

作者: _____

主要人物：_____

故事梗概（簡要描述故事的開端、發展、轉折點、高潮和結局）

_____

我的觀點（描述你對故事的看法，包括喜歡的角色、情節或值得思考的主題）

_____

喜歡的場景或章節（描述你最喜歡的場景或章節，並解釋為什麼）

_____

有趣的發現（記錄你在閱讀過程中發現的有趣事實或引人入勝的細節）

_____

引用的句子（選擇你最喜歡或最有啟發的句子，並解釋為什麼）

_____

推薦程度（根據你的閱讀體驗，你會給這個故事幾顆愛心呢？）

新雅 • 名著館

金銀島（附思維導圖）

原　　著：羅伯特‧路易斯‧史蒂文生〔英〕
撮　　寫：盧潔峰
繪　　圖：Johnson Chiang
策　　劃：甄艷慈
責任編輯：周詩韵、張斐然
美術設計：何宙樺、徐嘉裕
出　　版：新雅文化事業有限公司
　　　　　香港英皇道 499 號北角工業大廈 18 樓
　　　　　電話：(852) 2138 7998
　　　　　傳真：(852) 2597 4003
　　　　　網址：http://www.sunya.com.hk
　　　　　電郵：marketing@sunya.com.hk
發　　行：香港聯合書刊物流有限公司
　　　　　香港荃灣德士古道 220-248 號荃灣工業中心 16 樓
　　　　　電話：(852) 2150 2100
　　　　　傳真：(852) 2407 3062
　　　　　電郵：info@suplogistics.com.hk
印　　刷：中華商務彩色印刷有限公司
　　　　　香港新界大埔汀麗路 36 號
版　　次：二〇二四年六月三版

ISBN: 978-962-08-8404-7